CHARACTER
FILE # 1
GAME
楊光
20歲｜大學生｜
與朋友登山時因迷路而踏入異空間。
性格開朗樂觀，充滿正能量。

ALICE GAME
CHARACTER FILE # 2
賴文善
23歲｜燒烤店店員｜能力：操控血液
與朋友野餐時被抓到愛麗絲空間。
思想消極但很理智，是個不折不扣的顏控。

愛｜麗｜絲｜遊｜戲

ALICE GAME

【VOLUME TWO】

PRESENTED BY
CAO ZI XIN X NATSU AO

ALICE GAME

CONTENTS

Prologue

楔子

"Twinkle, twinkle, little bat! How I wonder what you're at!
Up above the world you fly, Like a tea tray in the sky."

"Welcome to Crazy Afternoon Tea,
Let's get stuck here together forever.
Forever......never never never end"

聲音哼唱著歌詞，伴隨著瘋狂的笑聲，直到唱完最後一句。

歌聲並沒有停下來，而是從頭開始重複唱起，一遍又一遍，沒有結束的跡象。

正當人開始懷疑這首歌到底要唱到什麼時候，哼唱的節奏開始加快，笑聲也變得越來越尖銳，穿透耳膜，直達大腦。

大腦承受令人煩躁的噪音，像是要裂開般，歌詞也變得越來越模糊，直到無法聽清楚它在唱什麼。

就像是超倍速快轉錄音帶，最後只剩下尖銳的摩擦，以及高分貝的「嗶嗶」聲，沒有歌詞，沒有音樂，成為最純粹的「噪音汙染」。

在維持長達三分多鐘的高音之後，聲音就像是被抽空般，很突然地消失。

這時賴文善才意識到自己獨自站在漆黑的樹林裡，周圍的景色一模一樣，讓人失去判斷位置的能力。

沒有任何聲音，就連他自己的呼吸跟心跳聲都聽不見，感覺就像是失去聽覺般，而在這種聽覺被隱蔽的情況下，他開始漸漸感到害怕。

彷彿下一秒，就會有某種東西從背後跳出來襲擊他。

賴文善開始大量冒冷汗，呼吸也變得急促，就像是恐慌發作，眼珠不安地顫抖著，最後他只能緊抱住自己，一步也不敢往前地蹲在地上。

他低頭看著自己的腳，汗水一滴滴落在黑色的影子裡，就像被吸收般消失不見，強烈的孤獨與對未知的恐懼，讓他因為消耗精力而開始感到恍惚。

賴文善呆呆地盯著自己的影子，突然間，貓眼與長滿尖牙的大嘴巴從影子裡面冒出來，嚇得他跌坐在地。

碰！

一陣翻滾，強烈的疼痛感讓賴文善皺緊眉頭，慢慢睜開眼睛。

「痛死了……」

「沒、沒事吧？文善！我聽到好大的聲音！」

賴文善四腳朝天掛在床邊，而聽見巨響的楊光則是穿著圍裙，慌慌張張地衝進房間，連鍋鏟都來不及放下來。

有些尷尬的賴文善，上下顛倒地盯著楊光，因為自己的愚蠢而羞恥不已。

至於楊光則是在看到這個畫面後，忍不住噗哧一聲笑出來。

「……笑屁啊你。」

「啊哈哈……文善你真是……」

賴文善被笑得很不爽，卻礙於眼前的事實而無法反駁。

都怪那該死又奇怪的夢，害他睡到摔下床，還被楊光當成笑話。

「夠了你，快點過來扶我。」

「馬、馬上來……噗哈哈……」

楊光邊笑邊把賴文善扶回床上，笑容滿面地替他整理睡到亂翹的頭髮。

賴文善瞇起半睡半醒的雙眼，抖抖鼻子，聞到從楊光身上傳來的食物香氣，肚子就很不爭氣地發出咕嚕叫聲。

「好餓。」

「去洗個臉，一起吃早餐吧。」

「嗯。」

賴文善把臉湊到楊光的耳邊，往他的臉頰「啾」了一口後，就邊打哈欠邊往浴室的方向移動。

楊光滿臉通紅地眨眨眼，隨手將鍋鏟丟到一邊，跳著腳步跟在賴文善屁股後面，偷偷摸摸地跟著他走進去。

整整三天時間，他跟楊光兩個人住在秦睿準備好的房間裡，完全沒有外出。

為了避免怪物們又找上門來襲擊，不讓賴文善有時間休息、康復，秦睿安排人手負責護衛，並將整個房間隱藏起來。

雖然賴文善不太清楚秦睿是怎麼做到的，但是要做到這種程度，很顯然是藉助了那名斬殺柴郡貓的少年力量。

房間內準備的糧食很充足，也不會有人來打擾，讓他可以和楊光安然無恙地度過安全又寧靜的兩人時光，甚至讓賴文善有種自己回歸正常生活的錯覺。

當然，這個念頭僅僅只是從腦海閃過三秒鐘而已，他並沒有愚蠢到會被安逸的生活牽著鼻子走。

秦睿這幾天都是透過APP和他聯絡，主要是單方面告知目前的情況，不過賴文善並不是很在意秦睿傳來的內容，反倒是一直透過手機來確認時間。

三天，秦睿所設下的時限，清楚且明確地烙印在他的記憶中。

而今天，就是茶會舉辦的日子。

洗漱完的賴文善和楊光簡單享用完早餐後，窩在沙發上發呆。

賴文善依靠在楊光的胸前，被他的手臂環抱住，整個人陷入他的懷裡，舒服地讓他瞇起眼打呼嚕，明明才剛睡醒卻又開始昏昏欲睡。

「身體還沒有完全恢復嗎？」

楊光用手指輕輕撥開賴文善的劉海，一臉擔憂。

賴文善抿唇道：「唔嗯嗯……被你抱著的感覺太舒服，所以我才變成這樣。」

在楊光無微不至的照顧下，賴文善的傷早就好了，雖說很大的原因是因為接受治療的關係，但最主要還是因為楊光陪著他的關係。

他從沒有過這麼有安全感的關係，結果一個不小心，陷得有點深。

「好想就這樣跟你永遠待著，茶會什麼的，真不想去。」

賴文善軟綿綿地碎念，雖然他知道自己非去不可，但還是想稍微抱怨一下。

沒想到，楊光竟然把他的話當真，用嚴肅的表情摟緊他，將嘴唇貼在他的耳邊低語：

「要不我們就這樣直接放他們鴿子？」

楊光的語氣過分認真，讓人不覺得他是在開玩笑，但是當賴文善一臉吃驚地抬起頭看著他的時候，楊光卻又燦爛無比地對他微笑，令賴文善無奈苦笑。

「……不可以。」

他推開楊光的溫暖手臂，起身說道：「我……雖然覺得這種事很麻煩，但如果我真的是唯一一個能找到『Original』的人，那麼我就不能逃避。」

賴文善知道自己並不是個有勇氣、或是富有正義感的好人，而是因為以他目前的處境來看，他的態度不能太過消極。

一直以來，楊光都想要離開這個瘋狂又不正常的世界，所以賴文善並不打算放棄能夠將他帶離這個瘋狂世界的重要機會。

就算害怕，他也想為了楊光努力拚一把。

「是因為我嗎？」楊光拉住賴文善的手，輕輕用指腹磨蹭他的手背，「如果是這樣的話，我會很開心。因為這表示你真的很喜歡我。」

賴文善轉頭看著楊光，嘆了一口氣。

明知道楊光對自己的感情，是因為受到這個世界的影響，但他還是忍不住想要去享受楊光給予他的愛情。

即使，這分感情很有可能會在逃離後消失。

「……楊光，過來。」賴文善反過來拉住楊光的手，瞇起眼，笑嘻嘻地對他說：「在秦睿過來接我們之前，還有點時間，我們先去啟動能力吧。」

這幾天他們雖然同床共枕、共同生活，但楊光卻總是以他身體還沒完全恢復為藉口，除了接吻跟擁抱之外，什麼都沒有做。

跟自己喜歡的那張臉在同個空間裡生活，卻只有這種程度上的肢體接觸，早就已經讓賴文善的忍耐到達極限，所以他一直在等著今天的到來。

秦睿說過，在去參加茶會之前他們必須啟動能力，而且必須讓能力「穩定持續至少二十四小時」的時間，只要利用這件事作為藉口，就算楊光再擔心他的身體狀況，也會乖乖跟他做愛。

早就期待到不行的賴文善，雙眸閃閃發光，完全不掩飾自己的想法，而看著這樣的他，楊光眨眨眼，被他可愛的反應逗笑。

「噗哈——文善，你真可愛。」

「……哼，怎麼了嘛！」

「我知道你很想做。」

「說謊，如果你知道我想做的話，為什麼這幾天碰都不碰我？」

楊光歪頭反問：「難道你以為我是因為顧慮你的身體，才忍的嗎？」

忍？

賴文善一臉不解地盯著他看，這張人畜無害又閃閃發亮的帥氣臉蛋，竟然跟他說這幾天以來他不是不想做，而是在刻意忍耐？

鬼才相信！

「呀！你什麼意思？難道說你在整我？」

「不是你想的那樣。」

用力握緊賴文善的手，把臉貼近，兩人的鼻尖輕輕相觸，惹得賴文善心癢難耐，卻還是不願妥協地皺著眉頭，表現出不滿的樣子。

「文善啊，跟你做的話我會因為太過舒服，變得不想放過你。如果這幾天想要讓你好好休息、養傷的話，我就得忍住不碰你。」

賴文善震了一下身體，老實講，楊光說的話讓他有些吃驚。

剛遇見楊光的時候，他明明說過自己並不是屬於那種性欲特別旺盛的類型，待在這個世界裡的那段時間，也不曾產生過想要和某個人做愛的念頭，所以賴文善一直以為楊光是那種被動型的男人，但他剛才說的那段話，聽上去可不像是性欲弱又需要對方引導才會想做的那種人。

「文善。」楊光將額頭靠過來貼著他，牽著他的手，不斷輕輕搓揉，「你知道我並不是因為被這個世界影響，才這麼說的對吧？」

「……哈，你說這種話，聽起來就好像是只對我一個人發情似的。」

「因為這是事實啊。」

楊光親吻賴文善的眼角，並慢慢地將吻往下移動，覆蓋在他的嘴唇上面。

維持短短幾秒的吻，溫柔又炙熱，令賴文善忍不住地顫抖著身體。

當楊光把嘴唇挪開的時候，他們凝視著彼此，再次將彼此的嘴唇緊緊貼在一起，像是不願意分開般，第二次的吻變得更加激烈，纏繞著口水的黏膩聲與漸漸開始興奮而無法抑止的喘息。

楊光用手臂摟住賴文善的腰，將他的身體撐起來，抱著他一步步往臥室方向移動。兩人之間沒有再開口說半句話，對彼此的情欲，融入在映照出對方面容的瞳孔中。

對他們來說，做愛不需要任何理由，僅僅只是因為喜歡才這麼做。

Chapter 01

茶會

「啊啊！不、不行！不可以再——」

「文善啊，剛才不是你自己說想做的嗎？」

「唔、唔呃……我、我是想做，但不是……唔啊！」

賴文善的身體，沒有一處是完好的。

明顯的牙印，過度吸吮而變得紅腫的乳頭，被留在明顯位置以及私密處的吻痕，以及那始終精神飽滿、不斷進出他身體的陰莖，令賴文善意識到眼前的男人，完全就是個性欲怪物。

比起累到顫抖，無法抑止地張開嘴喘息的賴文善，楊光倒是精神飽滿。

他一邊舔著留有他齒印的乳頭，一邊抬起眼欣賞因為他而陷入瘋狂、苦著臉拒絕他繼續求歡的賴文善，輕輕勾起嘴角。

「你、你這……我都說了……啊啊……」

賴文善感覺到腹部以下完全麻痺，舒服到腦袋一片空白，什麼都不想再思考。

這還是他第一次跟人做愛做到這種程度，以往根本就不可能讓自己做到陷入精神恍惚的狀態，把他變成這副糟糕模樣的，楊光是第一個。

粗大的陰莖不斷磨蹭著內壁，每次頂撞、磨蹭到的地方，都讓賴文善忍不住叫出聲音，用力抱緊楊光的身體。

他整個人癱軟地靠在楊光的懷裡，累到只剩喘息，但楊光並沒有因為他體力跟不上而停止，仍撐開他的腿繼續挺入。

「哈啊、哈……文善……」

楊光就像是頭脫韁野馬，賣力地扭腰衝撞，看著因為被他頂入深處而身體瑟縮起來的賴文善，他就忍不住想要更賣力地將他填滿。

「唔呃……你、你真的夠了……」

賴文善緊咬嘴唇，仰躺在床上的他緊緊抓住床單，身體被楊光強壯的體格壓著，既無法掙扎，也逃脫不掉，只能就這樣被他壓在身下。

由於兩人的身體緊貼的關係，賴文善可以感覺到自己的陰莖緊貼在楊光的腹部，隨著抽插的頻率磨蹭著。

不只是身體裡面，就連他的陰莖也被楊光磨蹭得好舒服，就算沒有被手碰觸，賴文善仍一次又一次地因為這樣而高潮。

「不……不行，我又要去、去了……」

賴文善緊咬住嘴唇，瑟縮身體，無意識地夾緊雙腿。

楊光感覺到自己被他吸得很緊，突如其來的收縮，讓他沒有來得及抽出來，就這樣在賴文善高潮的同時，狠狠地射在他的身體裡。

兩人大口喘息，汗水一滴滴地落在床單上。

他們撐開半閉的雙眸，與彼此四目相交。

楊光將陰莖從賴文善的屁股裡拔出來，將保險套取下，小心翼翼地綁好。

「……哈啊，我們到底射了幾次？」

「你三次，我兩次。」

「瘋子，你還真的有在算？」

「嗯。」楊光邊回答邊撕開新的保險套，重新套住精神飽滿、完全沒有要消下去的陰莖。

賴文善側躺在床上，哈哈苦笑。

看著楊光做好準備後又爬回來要找他，只能無奈地問：「你還要做？」

他們兩個人的眼睛都已經呈現發亮狀態，也就是說已經順利啟動能力，而照這情況來看，估計能持續很長的時間，所以基本上來說應該不用再做了。

楊光很不滿地嘟嘴，「我們不是戀人？戀人做愛不需要理由吧。」

「是沒錯啦。」賴文善將視線往下挪，看著不久前還放在他屁股裡的粗大陰莖，短短幾秒就妥協。

楊光說得沒錯，他們之間做愛本來就不僅僅只是為了啟動能力，還得滿足彼此的性欲才行。更重要的是，他們兩個人的身體契合度比預料得還要高，和楊光做過後，賴文善才意識到自己以前打的砲全都不值一提。

雖然有點擔心自己會因為喜歡跟楊光做愛，而變得更加沒辦法離開他，但他畢竟也不是什麼聖人君子，沒有辦法抵抗眼前的誘惑。

更不用說，主動誘惑人、並提出想做愛的人是楊光而不是他。

「哈哈哈，翹得真高。」

楊光趴過來，壓在自己身上的時候，賴文善手癢地故意用食指指尖逗弄他勃起的陰莖，看著它很有活力地挺直，突然覺得有點可愛。

見賴文善絲毫沒有半點浪漫感地玩弄自己，楊光撇唇，把額頭靠過去磨蹭他的臉頰。

「它可不是用來看的。」

「知道。」賴文善輕撫楊光的臉頰，對故意向他撒嬌的大男孩說：「來做吧，這次我也會好好地把它吞進身體裡的。」

雖然早就知道賴文善在床上是這種個性，但楊光仍忍不住被他挑逗的話語迷得團團轉。

在別人耳中，這或許聽起來不像戀人之間的甜言蜜語，但是對楊光來說卻有著致命的吸引力。

「該死……你是不是都是用這種方式誘惑其他男人的？」

他將嘴唇貼近賴文善，吻上對方那比他還要孩子氣的雙唇。

賴文善享受著和楊光接吻的感覺，伸舌與他交纏，黏膩的口水、溼潤的吻，一切都是那麼的甜，令人沉醉其中。

楊光粗糙的手掌心撫摸著他的身體，明明是乾巴巴、與他相比一點也不好看的身材，但楊光卻總是用著迷的眼神盯著看，甚至因此而起了生理反應。

如過他們不是在這種糟糕的地方相遇，像楊光這樣的男人，絕對不可能回頭看他一眼，或是像現在這樣把他擁入懷中。

「呼嗯……楊、楊光……」

在纏綿的吻中，賴文善輕聲呢喃著楊光的名字。

楊光勾唇，笑嘻嘻地回答：「嗯，我在這，文善。」

他抱住賴文善的腰，重新將他壓倒在床上。

壓住那雙留有屬於他的印記與痕跡的腿，並將這個人私密的一切都看入眼中。

不久前還被他抽插、玩弄的穴口，因為他的視線而緊張到不斷張合，令楊光喉嚨乾澀地吞口水。

明明跟他一樣都是男人，但賴文善的身體漂亮到讓他無法挪開目光。

「文善啊，為什麼你的屁股這麼可愛？」

「你、你你你在說什——呃！」

賴文善還沒罵完，楊光就突然插入，嚇得他倒抽口氣，把想要說出口的話全都硬生生地吞回去。

「這裡為什麼能這麼漂亮？裡面為什麼能這麼舒服？總像是不想放開我那樣，一直咬著我不放……」

「哈啊！唔、唔嗯，楊光你……閉、閉嘴……」

賴文善因為楊光的語言攻擊，整張臉羞紅到不行。

他很不習慣被人稱讚漂亮，也不習慣在做愛時聽見這些甜言蜜語。

因為害羞，他的腹部不由自主地收縮，將楊光插入體內的陰莖吸得更緊。

楊光震了下身體，被突然絞緊的感覺夾住，動彈不得，甚至差點射出來。

他哈哈苦笑地趴在賴文善的身上，「文、文善，我的雞雞……有點痛欸？」

賴文善冷汗直冒，因為他知道是自己太過受到楊光的語言攻擊影響，身體才會變得這麼僵硬。

「誰叫你要說那種話。」

「我只是實話實說，又沒說錯。」

「你是真的很想被我夾斷是不是？」

「呃、文善，痛……」

楊光眼角泛淚，皺緊眉頭的樣子看起來有點可憐。

賴文善原本還有點不高興，但在最終仍然對楊光那張正中他紅心的帥氣臉蛋舉雙手投降。

「要不是因為你長得帥，我早就一拳打下去了。」

「不可以家暴哦，文善。」

「知道了啦。」

賴文善朝楊光勾勾手指，示意他靠過來一點。

楊光像個懵懵懂懂的傻孩子，照他的意思靠過去之後，突然被賴文善用手臂壓住後頸，整個人跌入他的懷裡。

「文、文善？」

感覺到賴文善正在親吻他的臉頰跟太陽穴，甚至伸出舌頭故意舔他的耳朵、吸吮耳垂。

這些行為對他來說充滿性方面的誘惑，也讓他越來越無法忍耐。

「噗哈！」賴文善笑著將嘴唇貼在楊光的耳邊低語，「你變大了哦？」

「還、還不都是因為你——」

楊光推開賴文善，氣憤地大吼。

但是被推開的賴文善，並沒有露出不悅的表情，而是輕輕握住他壓在自己胸前的手，故意吐出舌頭。

即使賴文善僅僅只有做出這些不帶解釋的迷惑行為，但楊光卻像是著魔般，一下子就明白他的想法。

火氣瞬間消散，他垂下眼簾，張開嘴吸住伸出來的舌尖。

嘴唇擠壓著賴文善的舌頭，用力將它吸入後再放開，賴文善舒服地舔舐殘留在嘴邊的口水，笑呵呵的彎起眼眸。

「別只插著不動。」

楊光大口嘆氣後，垂下頭。

雖然只是很普通的撒嬌，但為什麼卻讓他覺得可愛到不行？

「快點，身體都要冷下來了。」

賴文善故意扭腰，磨蹭插在他屁股裡的陰莖，這行為讓楊光更加受不了。

他臉一黑，抓住賴文善還在那邊故意整他的身體，用力挺入。

「啊——」

賴文善倒抽口氣，身體不斷抽搐、抖動，然而楊光並沒有因為看到他敏感到快要瘋狂的模樣而停止，就這樣直接抓緊他的腰，用力抽插。

「哈啊！啊……不、不行！那邊……」

「你喜歡我頂這裡，不是嗎？」

「不行不行！啊！我、我快要……唔呃！」

儘管他已經高潮，甚至噴出不是精液的液體，楊光也始終沒有要停止的意思。

賴文善只能可憐兮兮地抓著床單，敏感到快要失去理智，腦海一片空白。

腹部的感覺越來越奇怪，含淚的雙眸，看著楊光咬牙努力插他的認真表情，令他的腦袋暈眩，就好像一口氣喝了好幾杯烈酒。

「楊光、楊……唔啊！」

最後，連楊光也開始變得說不出話。

他沉默著抱起賴文善，讓對方跪坐在自己的身上，緊抱著他哭喊。

近在唇邊的乳尖磨蹭著他的臉頰，快感與炙熱的體溫，以及被賴文善的氣味所包覆的感覺，實在太過讓人舒服。

「哈……文善、文善……」

楊光啃咬著賴文善的身體，聽著賴文善在耳邊的喘息與呻吟聲，咬緊牙根，再次射在他的屁股裡。

大量的精液，沿著根部從保險套裡溢出，黏答答地纏繞在兩人緊密結合的位置，但賴文善和楊光卻絲毫不在意，高潮後再次對上視線的他們，輕笑著貼近彼此的雙唇，給彼此一個吻。

「文善，舒服嗎？」

「嗯。」賴文善慵懶地回答，「但是不能再做了。」

他的腿已經完全沒有力氣，得趁茶會開始前恢復體力。

初次參加那種會議，而且還是受到注目的重點人物，得維持形象才行。

「我瞇個半小時……」

被疲倦感淹沒的賴文善，闔上沉重的眼皮，就這樣靠在楊光的肩膀打盹。

因為知道是自己的鍋，導致賴文善這麼疲憊，楊光也只能乖乖當他的靠枕，把陰莖抽出來之後，替熟睡的賴文善清理身體。

賴文善白皙的肌膚上，全都是明顯的紅印，看到他這副模樣的楊光，又忍不住硬起來。

他尷尬地盯著自己的下半身，默默地用棉被把賴文善的身體裹緊，獨自走向廁所。

／

茶會的準備工作進行得十分順利。

距離上次舉辦茶會話的日子，已經經過整整一個月左右的時間，而能夠這麼快整合、將人聚集起來的最主要原因，不是別的，是因為謠言。

『受到角色喜愛的人出現了。』

僅僅只因為這個情報，各陣營就開始有所行動，然而最重要的「那個人」，卻落在最麻煩，同時也是最難搞的人手中，讓這群陣營首領心情很不愉快。

剛開始賴文善並不太理解，為什麼秦睿會在事前把堆積如山的陣營資料交給他，多虧這些複雜到讓人頭痛的資料，等待的這三天時間並不無聊。

為了自身安全著想，即便賴文善百般不願，也還是乖乖地透過這些書面報告大致了解「陣營」的分佈以及情況。

資料很詳細，而且也沒有參雜個人的主觀想法，這點倒是令讓他意外。

「好久不見，看你的臉色，這三天應該過得很滋潤吧？」

前來迎接賴文善跟楊光的秦睿，雙手環胸，微笑著打量兩人。

賴文善眨眨眼，一臉無奈地回答：「見面第一句話就提這個？你還真關心我們兩個人的性生活。」

「正確來說，我是對你們啟動能力後的表現有興趣。」秦睿盯著兩人發亮的瞳孔，眨眨眼，像是有什麼話想說。

在秦睿開口前，他的肩膀被人抓住，接著整個人往旁邊一靠，靠在申宇民的懷中。他吃驚地看向申宇民，而申宇民則是面無表情地注視賴文善跟楊光。

「其他人都就坐了，你們還在這裡聊什麼天？」

「哈啊……你先別擺出這麼可怕的表情，我只是稍微跟賴文善聊個幾句話而已。」

「那就邊喝茶邊聊。」申宇民若有所指地盯著楊光，接受到他那不友善的目光，楊光也有些不高興地皺眉。

秦睿雖然知道這兩個人互看不順眼，但現在真的不是吵架的時候。他頭痛萬分地說：「你們好了……文善，我帶你入座。你們兩個也給我乖乖過來。」

放棄掙扎的秦睿，帶著賴文善等人前往茶會會場。

現在是難得的晝日時間帶，正好適合舉辦茶會，而且茶會的會場還是設置在公園草皮上，除質感提升不少之外，也帶有一絲夢幻感。

雪白色的桌椅鋪著蕾絲邊桌巾，桌面擺放著優雅的餐具與可愛的茶點，顏色柔和的花朵用來裝飾，整體來說相當有少女氣息。

只不過，坐在椅子上的那些人一個個都像是來討債的，不是沒表情，就是一副要殺人的樣子，甚至還有人直接趴下來睡覺。

賴文善想像過這些陣營首領會是什麼模樣，坦白講，現實和想像並沒有多少出入，真要說出入最大的，應該就是這夢幻般的會場裝飾。

賴文善一踏入這群人的視線範圍內，就立刻感受到所有目光聚集在自己身上，壓迫感可不是開玩笑的，就算他已經努力說服自己別緊張，卻還是忍不住冒冷汗。

幸虧身旁有楊光和秦睿在，多多少少讓他心裡踏實許多，至少不會緊張到忘記呼吸。

「這傢伙就是『角色』主動接觸的人？」

「……跟想像有點不同呢，看起來比之前那傢伙還要不可靠的樣子。」

戴眼鏡、看起來像個律師一樣的男人用狐疑的表情上下打量賴文善，而另外一個趴在桌上的男人則是訕笑地當面批評。

光是第一印象就糟糕到極點的這兩個人，已經被賴文善牢記在腦海裡。

秦睿無視兩人的抱怨，向賴文善介紹：「這個梳著三七分頭的傢伙是白兔陣營的首領，另外那個嘴賤的傢伙則是柴郡貓陣營的首領，他們本來就很不討喜所以你可以直接無視。」

「喂！秦睿，你這混帳搞什麼呢？這樣介紹人的嗎！」

三七分頭的男人忍不住大聲反駁，但另外一個人卻跟他相反，打個哈欠後，又把臉頰貼回桌上去。

「我覺得秦睿對我們的介紹詞說得還不錯啊。」

「河正輝，你想死是不是？」

「哈哈，小眼鏡你生氣啦？」

「你這該死的混帳叫誰小眼睛……」

「是眼鏡不是眼睛啦，哈哈，你還真可……噗！」

話還沒說完，這張欠揍的臉就已經被三七分頭的男人狠狠賞了一拳。

賴文善看著兩人繼續吵鬧不休，有些尷尬地跟著不想搭理他們的秦睿坐下。

「文善，我跟你介紹。」秦睿直接撇除最先開口的兩人，向賴文善介紹其他人。

這個世界的能力者，主要分成七個陣營。雖然也有其他的小團體存在，但最主要還是以這幾個團體為中心運作。

七個陣營雖然各自有不同的理念和目標，但「想要離開」和「活下去」的想法是共同的，因此陣營之間除了會互相交換情報之外，也設有規矩。

其中勢力最大的，是申宇民所率領的「智蟲」，其次則是臉色很臭、始終用奇怪目光打量他的男人所屬的「三月兔」。

「智蟲」的首領雖然是名十七歲少年，可是卻沒有人敢用不敬的態度面對他，這情況讓賴文善再次感受到這個世界是以能力的強弱做為地位高低的區分，就算眼前是個十歲孩子，但只要他能力夠強，就不會有人敢不把他放在眼裡。

除此這兩大陣營，以及秦睿剛提到、最先接觸他的那兩個首領之外，剩下來的分別是人數和三月兔陣營差不多的「白兔」、看上去有點精神不正常的「瘋帽」、人數最少但看起來每個人都很強的「紅心騎士」，以及他跟楊光所屬，由秦睿率領的「睡鼠」。

不知道是不是因為在《愛麗絲夢遊仙境》的故事中，所以陣營的名字也都跟故事登場的角色有關聯，讓賴文善有種不切實際的感覺。

幸好他提前看過秦睿給的資料，或多或少還是有些幫助，只不過這些人看著他的眼神，真的讓他如坐針氈。

參加茶會的所有人，眼睛都是處於發光的狀態下，也就是說所有人都啟動了能力，賴文善雖然不清楚這些人的能力是什麼，但同樣地，這些人也不清楚他的能力有多麼危險。

這就是秦睿為什麼要他們啟動能力後再參加茶會的最主要原因吧！

雖然他知道這樣做可以保命，不過在來之前，賴文善有點擔心在啟動能力的狀態下參加茶會，會反而顯得自己有攻擊意圖，但如今看來，卻是用來警惕別人不許隨便出手的最佳選擇。

而且確實——這些人在看到他發亮的瞳孔後，態度比較沒那麼尖銳敏感。

就像他們觀察自己一樣，賴文善也反過來觀察這幾名陣營首領，並有禮貌地點頭表達善意。大部分的人都沒理他，就只有紅心騎士的首領回應他而已。

另外一個讓他有些在意的，是瘋帽的首領。

那個男人的眼神看上去有些不太對勁，除了讓人感到背脊發毛之外，他的視線從頭到尾都放在楊光身上這點，令賴文善起疑。

雖然楊光並不在意那些盯著他的視線，可是，連他都能察覺到那個人的目光，楊光不可能遲鈍到沒發現才對，但他卻像是刻意無視一樣，顯然這兩人之間曾發生過什麼事。

看樣子，茶會結束後得和秦睿確認一下了。

就在賴文善牢記這些陣營首領的面孔之後，這幾個人就開始當著他的面討論起如何處置他的問題。賴文善懶得管他們的想法跟意見，不過趁這機會可以從對話中明白陣營之間的關係，倒也不算損失。

「這次也要像上次那樣，共同保護這傢伙嗎？」

三月兔陣營的首領率先提出問題，不知道他是不想浪費時間才直接切入重點，還是說他只是急著想要趕快討論完離開。

其他人的反應比想像中冷淡，並沒有像他那樣著急。

秦睿抬眼道：「不，這次會由『智蟲』跟『睡鼠』負責。」

其他陣營的首領在聽見秦睿說的話之後，很明顯表現出不滿的態度，可是在申宇民的視線監控下，沒有人敢反對。

「唉……好吧，我就知道會是這樣。」三七分眼鏡男輕推鏡框，「雖然說是開會討論，但實際上你們就只是打算當面告訴我們這件事而已吧？真是……這算哪門子的討論。」

「難道需要我提醒你們，上一個人是怎麼被你們搞死的嗎？」

秦睿冷冰冰的視線掃過這些人的表情，心虛、緊張，以及無法承擔責任的排斥心態，讓所有人乖乖閉上嘴。

「為了陣營之間的和平關係，之前都是由陣營共同負責照顧，但是那些人全都沒有活下來，所以這次我們必須改變方式，否則只是再一次白白浪費機會。」

「哼嗯——聽起來這次似乎很特別啊？秦睿。」趴在桌上的男人慵懶地說，並把視線慢慢挪向楊光，「難道是跟楊光有關？所以你才會特地把他帶來只有陣營首領能參加的茶會。」

「楊光是以搭檔的身分參加的。」

這句話雖然是由秦睿說出口，但所有人都知道他指的並不是自己，而是賴文善。畢竟他們沒人膽敢在申宇民殺人般的目光下問這種事。

當然賴文善也沒錯過瘋帽首領在聽見楊光跟他成為搭檔關係後，露出訕笑表情。本來就看起來像有精神病的男人，變得更令人頭皮發麻。

面對其他陣營的質疑，秦睿坦蕩有理地提出自己的想法：「這次我們必須百分之百確保『Original』的線索，你們如果不想再繼續待在這個鬼地方的話，最好聽我的，別想搞些有的沒的，增加麻煩。」

其他陣營的首領們你看我、我看你，最後只能同意，畢竟他們都很清楚情報組織「睡鼠」說的話，不會有錯。

在這之後，秦睿和其他人繼續討論其他問題，而賴文善和楊光則是在一旁聽著，他們凝視彼此，默默地牽起放在桌面下的手。

「我真的只要坐在這就好？」他小聲詢問楊光。

楊光點點頭，「秦睿最主要的目的是讓其他首領認識你，這樣就不會因為失誤而對你出手。你什麼都不必做，也不用擔心。」

「嗯……知道了。」賴文善摸著下巴，看向秦睿，「話說回來，你不是說關於找到『Original』就能找到離開方式的人，就只有秦睿和申宇民知道嗎？可是我看其他人似乎不像是不知道這件事的樣子。」

「其他人知道『Original』的存在，也知道會出現唯一一個能夠找到它的關鍵人物。但，僅此而已，他們手裡掌握的線索並沒有秦睿多。」

「意思是，其他人知道的情報都是已公開的內容？」

「嗯，因為必須讓所有人共同保護能夠找到『Original』的人，所以陣營之間已經約定好，一旦發現就必須通報所有人，否則會被撻伐。只不過，除秦睿以外的人並不知道方法。」

「也就是說，手上有著能夠找到出路的指南針，卻不知道該怎麼使用它，對吧？」

楊光點點頭，「沒錯，所以他們才不敢隨便出手。更詳細的部分，秦睿之後會再找時間解釋給你聽的，現在就先這樣待著，等茶會結束我們就回去休息。」

賴文善的臉上仍帶有一絲倦怠，這讓楊光有點不放心。

確實有些疲憊的賴文善打個哈欠，懶散回答：「……知道了。」

縱使賴文善心裡仍存有疑問，但是聽到楊光說的話之後，他就不再多做思考，選擇沉溺在楊光給的溫柔裡，閉上雙目休息。

他好像稍微打了個盹，一眨眼醒過來之後，茶會已經結束。

賴文善很驚訝地挺直身體，才發現自己的手還被楊光十指緊扣、緊緊握著。

楊光靠在他的肩上，陪著他打瞌睡，但他似乎很疲勞的樣子，並沒有因為他突然彈起身而被吵醒。

在發現他睡醒後，原本還站在旁邊跟另外兩名陣營首領聊天的秦睿結束談話，朝他走過來。

「你還真能睡，這三天沒休息夠？」

「……那個，不、不是因為這樣。」

賴文善很難開口解釋，他是因為楊光纏著他做太多次才會這麼疲倦。

秦睿勾起嘴角訕笑，像是意識到理由，他的目光讓賴文善冷汗直冒、滿臉通紅，根本不敢抬起頭來和他對視。

「總而言之，我們現在可以走了吧？」

「可以。」秦睿聳肩，「該死的紅心騎士老在那邊堅持說要幫忙，他們的人雖然很強，但都是些不知變通的傻子，我可不會放心把你交給他們。」

「再來我要怎麼做？」

「以目前的情況來說，光是直接在茶會上公開你的存在，就能少掉一大半麻煩。其他陣營的人會負責留意其他角色的動態，你只需要避開那些地方，就能自由行動。」

「……我是很感謝啦，但是像那隻貓，就……很難預防吧？」

「確實那隻貓比較棘手，不過我們也不可能因為牠就把你囚禁起來，或是限制你的自由。」

「呃，謝謝。」

「不用謝。」秦睿嘆口氣，看著靠在賴文善肩膀上熟睡的楊光，「你只要好好幫我照顧他就行。」

即使知道秦睿對楊光並沒有那方面的意思，但賴文善的心裡還是有點不舒服。

秦睿看了一眼熟睡的楊光，垂眸道：「比起這些……我有些話想要私下跟你談，晚點你有空的話，來停車場見我。」

他的態度過分謹慎，甚至像是在擔心楊光會聽見似的，引起賴文善的好奇心。

楊光說過秦睿之後會跟他詳細說明關於「Original」的事，所以此刻秦睿提出要跟他見面的事情，並不讓他感到意外，但是，看著秦睿的態度，賴文善卻覺得他不是要跟自己談這些事。

「你的意思是要我甩掉楊光，跟你見面？」

「這件事跟楊光有關。雖然我覺得應該等他自己願意跟你說比較好，可是你身為關鍵角色，又剛來到這個世界沒多久，如果不先提前讓你了解情況的話，楊光跟你待在一起反而會有危險。」

他的直覺沒錯，果然是這樣。

賴文善嘆氣問：「是跟瘋帽的首領有關？」

秦睿驚訝地瞪大眼睛，「什麼？你怎麼知道？難道楊光已經跟你說了？」

「他什麼都沒跟我講，我只是覺得剛才那傢伙看楊光的眼神不太對勁而已。」

「是嗎……」秦睿摸著下巴，十分滿意地勾起嘴角，「你真讓我意外，看樣子楊光的運氣真的很不錯，竟然讓他遇見你。」

賴文善摳摳臉頰，有些尷尬。

「別誇獎我了，要不是那傢伙的態度過於明顯，我也不可能察覺到問題。」

「通常這個情況下，第一個懷疑的應該是對自己的惡意才對，光是你沒有錯判瘋帽的敵意這點，就足以證明你的觀察力有多優秀。」

秦睿垂下眼簾，啞聲道：「……就是因為這樣，所以我才能安心把楊光交給你照顧。」

「噗哈，說得好像你是他的監護人似的。」

「楊光救過我，若不是他，我現在也不會站在這，他如果死了的話，我絕對不會原諒自己。」

眼看秦睿把話說到這個分上，賴文善也不敢再亂開玩笑，乖乖閉嘴。

在兩人氣氛變得有些尷尬的時候，半夢半醒的楊光，像個孩子般揉眼睛，低聲呢喃：「唔呃……文善，你醒了？」

他把臉蹭過去貼著賴文善的脖子，慵懶地問：「要走了嗎？」

「是該走了。這麼大群人聚在一個地方太久，很容易會把怪物引來。」秦睿代替賴文善開口回答，並故意用力彈楊光的額頭。

「媽的好痛！秦睿，你幹嘛打我？」

「你是還想睡多久？」

「普通地叫我起來不就好了嗎……」

楊光心虛地碎嘴抱怨，令秦睿無奈苦笑。

眼角餘光出現了申宇民的身影，於是秦睿便對賴文善和楊光說：「我還有事得處理，你們倆個就先回楊光住的地方，隨時保持聯絡，別再無視我傳的訊息了，知道沒？」

沒等他們回答，秦睿就跟著申宇民離開。

被扔下來的賴文善和楊光，沉默不語地交換眼神後，勾起嘴角。

「禁足令解除了耶。」

「那，要不要去約會？」

「嘿嘿，你果然和我想的一樣。」

賴文善笑著和楊光牽手，抓住好不容易得到的自由時光，盡情享受兩人世界。

／

「媽的，該死的申宇民跟秦睿，這兩個人根本就沒把我們放在眼裡。」

放置在公園道路旁的垃圾桶，被瘋帽首領用力踹倒，成為發洩怒氣的對象。

焦躁的男人不斷狠踩，咬牙切齒地低語，完全沒有注意到有人正在從背後悄悄接近他，直到對方主動開口。

「我可以理解你為什麼會這麼氣憤，更何況那傢伙還把楊光也帶來參加茶會，還讓他成為新誕生的『愛麗絲』搭檔，分明就是有其他企圖。」

男人轉頭看著對方，冷笑道：「哈……你想幹什麼？」

站在他身後的，是三月兔的首領，同時也是危險程度不亞於中宇民的怪物。而眾所皆知，這男人絕對不會沒有企圖地接近某個人，除非那個人對他來說是有利用價值的對象。

就算他再怎麼不爽，也不想成為某個人的棋子。

「別這麼提防我嘛。」

三月兔首領知道瘋帽首領在擔心什麼，所以他才會主動過來跟他說話。

他知道對方會提防自己，因此並不是空手而來。

「既然秦睿已經公開說想要獨佔『愛麗絲』，那麼我們其他人不可能順他的意不是嗎？再說，陣營之間本來就該公平分享所有情報，但是你不覺得秦睿和中宇民已經猖狂到打算踩在我們頭上？你難道甘願乖乖聽那種人的命令？」

「嘖……」被三月兔首領說中內心最在意的事情，讓瘋帽首領開始有點好奇這個男人心裡在盤算什麼。

被稱為「愛麗絲」的能力者，是能夠離開這個世界的關鍵，這是所有人都知道的事，只是他們沒有人確定該怎麼使用「愛麗絲」被這世界賦予的特殊能力。

雖然秦睿沒有承認過，但他們都在猜測，那個男人掌握著這唯一的線索，並且只有將這個情報分享給智蟲首領。

這個做法，很明顯已經打亂陣營之間的平衡，但秦睿卻仗著有智蟲首領撐腰，恣意妄為，以申宇民強大的能力壓迫他們所有人。

三月兔首領的話，讓原本對他還有些警戒的瘋帽首領內心產生動搖。

是啊！他說得沒錯，而且這次茶會後，這個感覺越來越強烈——

「難道你不覺得，我們得在那些傢伙越來越狂妄前，打壓他們的氣焰？」

「……你說得有道理，但是要怎麼做？」

眼看對方已經咬住自己扔出去的餌，三月兔首領彎起雙眸，笑得十分開心。

「跟我合作吧，讓我們把『愛麗絲』奪過來。」

這是個瘋狂的決定，也是非常誘人的邀請。

瘋帽首領並沒有拒絕的意思，他就像是被惡魔誘惑般，決定和這個男人合作，但是他並沒有百分之百相信瘋帽首領說的話。

畢竟這個男人，也不可信。

「奪過來？哈！你說得還真輕鬆，你真覺得自己能從申宇民的手裡搶人？」他冷笑，兩手一攤，搖搖頭，「我雖然答應跟你合作，但你可別把我拖下水，或是捲進什麼麻煩的事情。」

「呵，放心吧。」三月兔首領莞爾一笑，「他們那邊不還有能夠利用的傢伙在嗎？就是之前待在你們陣營裡的那個男人——」

這句話讓瘋帽首領提高警覺，閃閃發亮的眼眸，頓時變得十分凶惡。

三月兔首領的話聽起來，似乎是握有他們的情報，怪不得會主動找他合作，看來這男人早就盤算著，就算柔性勸誘沒成功，也能拿手裡握有的情報威脅。

無論他答應還是拒絕，都註定要照三月兔的計畫去做。

這種感覺，令人反胃到想吐的程度。

「早就料到你沒那麼好心。」

「……很高興你能理解。」

三月兔首領瞇起眼眸，皮笑肉不笑的表情，令人寒毛直豎。

瘋帽首領雖然認為自己已經是個瘋子般的爛人，但沒想到一山還有一山高，眼前這個男人，根本就是披著兔皮的毒蛇。

而被這條蛇盯上的他，無路可逃。

楊光雖然對賴文善存有過度執著與保護欲的問題，但他並沒有因為自己的私心而限制賴文善的自由。

他們在一起，是為了彼此，也是在這個糟糕透頂的世界裡的避風港，即便賴文善隱約覺得自己是因為被楊光救過許多次，才會沒辦法輕易拋棄他，可是對於現在的他來說，思考這些事情並沒有多大的幫助。

不需要強行為他們之間的關係命名，在思考人際關係問題前，活下去才是最重要的事。

正因為如此，賴文善原先並不希望兩人的關係更進一步，像現在這樣淡淡地、純粹渴望彼此的相處方式，對他來說十分舒服——直到他發現那雙盯著楊光的眼神，並不純粹。

在那之後，秦睿主動提出要跟他「私下談談」的要求，這讓賴文善知道，自己已經徹底攤上「楊光」這個人，無法置身事外。

他依照約定來到睡鼠陣營的據點，也就是初次和秦睿見面的停車場。

七樓仍是老樣子，不過這次卻沒看到人，周圍牆壁和桌椅都掛著裝飾掛燈，整個停車場都被浪漫氣氛包圍，甚至讓他差點產生「秦睿該不會是要跟他告白吧」的錯覺。

當然，這個想法僅僅只閃過腦海一秒鐘的時間，因為他知道不可能。

「你來啦？」秦睿笑嘻嘻地坐在吧檯邊，面前放著一個裝著冰塊的酒杯，以及半瓶威士忌，看得出來在他到之前，這個人就已經先開始喝了。

賴文善慢慢走到他旁邊的位置坐下，看著秦睿將空酒杯推過來，親自替他倒酒，一臉無奈地說：「我不是來喝酒的。」

「這次不會再像上次那樣故意刁難你，而且我也知道你的酒量很好。」秦睿拿起酒杯，貼在自己的臉頰邊，歪著頭說：「我單純只是想跟你喝一杯。」

賴文善不討厭喝酒，但也沒有很喜歡，酒量好也只不過是體質剛好適合喝酒罷了，可以的話他不是很想灌下這杯酒味濃郁的飲料。

不過，他知道這是秦睿打招呼的方式。

他拿起酒杯，一口乾完後，用力放在桌上。

「這樣行了吧？」

「啊哈——你喝酒的樣子還真討厭。」

賴文善無視他的抱怨，直接了當地說：「我可沒多少時間能陪你，楊光待會會來接我回去，所以你最好在這之前先把該說的話說清楚。」

「你真的很努力支開他呢。」

「不是你要求的嗎？」

「……確實沒錯。」秦睿將酒杯放下來，用食指輕輕貼著杯緣滑動，輕嘆口氣，「楊光是真的什麼都沒跟你提過吧？」

「嗯，他好像很討厭過去的自己，我也沒跟他聊過這些。」

「你們兩個該不會都在做愛吧？」

「怎麼可能？我的屁股也是需要喘口氣的好嗎？」

「哈哈！你的回答真可愛，怪不得楊光會喜歡你。」

「少講這些有的沒的。」賴文善咬牙切齒，「楊光跟瘋帽那個組織之間到底發生過什麼事？」

雖然來見秦睿之前，賴文善就已經多少猜到幾種可能性，但他還是需要從秦睿的口中證實自己的猜測是不是對的。

秦睿提眸，與賴文善四目相交，接著又重新替他倒酒。

「邊聊邊喝吧，你會需要的。」

在這浪漫的氣氛之下，他們開始談起嚴肅的過往，以及令楊光的精神崩潰的原因——這，就是賴文善為什麼會在樹林裡遇到落單的楊光。

「你第一次見到楊光的那段時間，剛好是他精神最脆弱的時候，那時他突然莫名其妙失蹤，還不跟我們聯絡，害我差點以為他死在哪個地方了。」

「……死？什麼意思？」

「楊光一直很想死，因為他很討厭這個世界，也討厭被這個世界改變的自己。」

「啊……難怪。」

賴文善摸著下巴回想初次見到楊光時的情景，當時他就覺得楊光偶爾偶爾會說些令他摸不著頭緒的話，還有對初次見面的人過分執著與保護，都顯得有點不太正常。

雖然那時他並沒有把這件事放在心上，但在聽到秦睿說的話之後，很難不讓人去在意。

那個時候是因為剛進入這個世界裡的他完全沒有被能力影響，是個「正常人」，所以楊光才會掏心掏肺地照顧他。就像是長時間在漆黑的大海裡漂浮，絕望之際見到飄向自己的浮木，忍不住傾注一切去抓住這渺小的希望。

他沒想到跟楊光的相遇，對他來說竟然如此的重要。

「楊光在遇到你之後確實比較穩定，看上去也變得開朗許多，但我很擔心他對你太過執著，萬一出什麼意外的話，他會再次崩潰。」

「……意思是如果被他視為浮木的我，如果死掉的話，楊光會再次瘋掉吧。」

秦睿笑呵呵道：「既然知道，你就得好好保護自己。」

「哈啊——知道了。」

賴文善大口嘆氣，總覺得自己肩上的負擔增加不少。

他不是不能理解楊光，只不過對成為某個人的支柱這種事，對他來說很陌生，而且不太能夠習慣。

「幸好我的能力還算不錯，總之我會努力活著。」

「楊光的能力也很強，所以我覺得你們兩個很配。」

「是嗎？」賴文善摳摳臉頰，一臉狐疑。

這麼說起來，他好像沒有完全搞懂楊光擁有的究竟是什麼能力。

「回頭來說瘋帽吧。那些傢伙是楊光第一次接觸的陣營，楊光加入他們有四個月，他的能力也是在他們的強迫下啟動的。」

「強迫……所以瘋帽跟之前那些故意抓捕其他人，強制啟動能力的混帳一樣？」

「對，所以你要記住，瘋帽的人全都是人渣，絕對不能相信。」

「這點看人的眼力我還是有的，茶會的時候，瘋帽首領一直盯著楊光看，那個眼神讓人不是很舒服。」

秦睿聳肩，「因為楊光的能力很強，所以那些人很想要再把楊光帶回去，不過我都擋下來了，而且只要有我在，瘋帽不敢隨便對楊光出手。」

「也就是說，現在因為我的關係，瘋帽很有可能會藉這個機會接近楊光？」

「嗯，所以我認為必須先讓你知道他跟瘋帽的關係。」

「我會留意的，謝謝。」

「不用客氣……這也是為了楊光好。我希望他能幸福。」

秦睿喝了口酒，皺緊眉頭，「楊光在瘋帽的那段日子，對他來說就像是噩夢，他們對楊光做過很多過分的事，要不是他們，楊光的精神狀態也不會變得那麼糟糕。」

「他們就是害楊光產生想死念頭的主要原因？」賴文善用手指輕敲桌面，困惑地問：

「楊光的能力很強不是嗎？既然如此他為什麼不離開就好？我不覺得他連那種程度的判斷能力都沒有。」

「確實，楊光是個很聰明的孩子，所以『正常』情況下不會受到影響。」

「……那些傢伙威脅他？」

「楊光在和我認識前，對於這個世界的知識相當扭曲。他基本上只跟瘋帽的人接觸，唯一能夠得到情報的手機也被他們沒收，所以瘋帽說什麼他就認為那是事實，從沒想過要去懷疑。」

「手機嗎……這東西果然很重要。」

「嗯，那是我們能力者的情報來源，雖然不會影響性命，但沒有的話會很麻煩。」

手機雖然不會毀損，但它與能力者之間並沒有特殊連結，所以想要藏匿起來是相當容易的事，而一旦缺少手機上的APP所給予的情報，那麼就更難在這個世界裡生存下去。

賴文善很不滿地碎念：「瘋帽的人還真是些混帳。」

看到賴文善替楊光打抱不平，秦睿笑得很開心。

「現在有你陪在他身邊，我一點也不擔心。我知道你會照顧好他。」

「唔呃，我討厭當別人的褓姆……」

「還有幾件事你必須知道。」

秦睿把握時間，把賴文善必須留意的對象、事情，以及那些會觸及楊光心中傷痕的過去，全都告訴了賴文善。

而越聽臉色變得越難看的賴文善，漸漸變得不知所措。

「哈啊——夠了，你是真的想害我沒辦法面對楊光吧？」

「我告訴你的還只是重點整理而已，其他太過詳細的……我很好心地省略了。」

「那還真是謝謝你。」

秦睿說得對，確實很需要依賴酒精，才能把這些事聽下去。

現在他知道為什麼楊光的行為會那麼反常了，也能明白為什麼那時楊光會選擇離開他，這些全都不是出自於楊光自身的選擇，而是精神狀況在傷痕累累之下，利用逃避的方式來保護自己。

若連楊光這樣的人，都會被這個世界還有那些變態影響到精神失常的狀態，那麼其他人就更不用說了。

賴文善忍不住懷疑，現在笑瞇瞇坐在他身旁的秦睿，到底是正常人還是瘋子。

「你現在是不是在想什麼失禮的事？」

一眼看穿他心中想法的秦睿，直接了當開口質問。

賴文善並沒有打算隱瞞，果斷回答：「我在想你的精神還正常嗎？」

「哈哈哈！真是有趣的問題。不過你會這樣想也是應該的。」

秦睿把酒杯裡的威士忌全部喝完後，舔著嘴唇說：「坦白講，我也不知道自己這樣還正不正常，在這裡待的時間太久，久到我覺得這裡才是我應該待的地方。」

「這想法還真危險……」

「是吧？不過大多數的人還是想要逃出去啦，而那種人大部分都沒有意識到自己的精神狀況已經變得不太正常。」

「找到『Original』就真的能找到離開這裡的方法？」

「對，但或許……不要找到出口才是正確的選擇。」

秦睿垂下眼眸，閉起雙眼，臉頰微紅的他，看起來好像有點喝醉了。

賴文善雖然不太懂秦睿為什麼這樣說，卻沒有追問，沉默不語地將酒杯裡的威士忌喝光。

最後直到楊光來停車場接他回去前，秦睿的臉上仍一臉坦然，就像是接受事實般，讓人覺得他似乎已經決定永遠待在這個世界裡。

賴文善沒辦法明白秦睿的想法，但可以理解他所做出的選擇。

因為這個世界存在的目的，就是想要把他們這些人逼瘋。

／

依約來到停車場接賴文善的楊光，簡單和秦睿閒聊幾句後便帶著他離開。

回去的路上，賴文善總是會不由自主地想起秦睿說的話，並小心翼翼地觀察楊光的表情。

即便沒有親眼見到楊光崩潰的樣子，但秦睿說的話、形容這件事的態度，以及楊光偶爾有些怪異的行為，讓他絲毫不懷疑真實性。

他很清楚待在這種世界裡，人的意識會被扭曲，就像楊光是被迫必須和男性做愛的直男，為了生存不得不妥協。

秦睿雖然沒有說得很明確，可是賴文善大概可以猜得出楊光究竟有過什麼樣的遭遇。嚴格來講，瘋帽那些不顧個人意願，強迫「啟動能力」的行為，已經可以稱得上是強姦，只不過在這個世界裡，並不會有人認為這是犯罪，甚至可能會被合理化。

這樣一想，就會覺得秦睿很特別。

他似乎沒有被這個世界影響，仍然能夠用「正常」的思維去判斷情況，若說還有其人能夠像秦睿這樣忠於自我，或許事情就還沒有糟糕到無法挽回的地步。

「你跟秦睿聊了什麼？」

楊光似乎很在意賴文善跟秦睿見面的事，見賴文善始終沒有跟他解釋，便忍不住好奇心地主動開口詢問。

賴文善提眸看他，噗哧一聲笑出來。

「怎麼，你很在意？」

「當、當然！」楊光不想說謊，他不希望賴文善跟他之間有什麼不能說的祕密，他想知道賴文善的一切，如果不這樣做的話，他沒辦法安心。

賴文善沒吭聲，只是安靜地眨眼盯著他看。

這段沉默的時間雖然才過沒幾秒鐘，卻讓楊光瞳孔地震，緊張到冷汗直冒。

「是我管太多了嗎……你、你不喜歡？」

「……不，沒什麼。」賴文善嘆口氣，牽起楊光的手，「他只是告訴我應該留意那些傢伙而已，畢竟他不可能整天只顧著我們兩個人，所以我們得學會自己面對危險。」

「有我在啊？」楊光不明白地歪頭，「我不會讓你遇到任何危險的。」

「我知道，但我才剛來到這個世界沒多久，知識量遠遠不足，若有人想要藉機利用謊言操控我，是輕而易舉的事。」

「那些事你問我不就好了？我知道的也不比秦睿少。」

「噗哈——」見到楊光急於推薦自己的著急模樣，賴文善忍不住笑出聲。

楊光確實對他有著過分執著以及強烈的獨佔欲，雖然這些情況都可以用其他感情來詮釋，但，他很肯定楊光的這份感情，並不屬於愛情。

他們彼此喜歡，所以在一起是很正常的，可是這樣的戀愛不是「正常」的。

為了楊光，他說什麼也得把他從這個鬼地方帶出去，就算在那之後楊光恢復正常思維，對自己曾說過喜歡他這件事感到後悔，他也不會有任何怨言。

至於現在，他就好好享受這份虛假的戀情吧。

賴文善用力把楊光拽到自己面前，往他的臉頰上親一口。

楊光狠狠震了一下身體，對於賴文善的突襲感到羞澀，整張臉瞬間爆紅。

「文、文善……你……」

「怎樣？你不喜歡我偷襲？」

「當然不會！我喜歡得不得了！」楊光急忙解釋，但語氣裡卻夾雜著一絲失望感，很難讓人不懷疑他是不是在說謊。

賴文善挑眉問：「你的口氣反而更讓人懷疑是在說謊。」

「我我我我只是覺得文善你應該親在嘴巴上才對！」

焦急不已以及害怕被賴文善誤會的情況下，楊光忍不住脫口說出自己的心聲。

明明是自己說的話，卻反而因為害羞而冒冷汗，完全不敢和賴文善對視。至於賴文善則是被他說的話嚇一跳，不知道該做何反應。

現在站在他面前的這個純情大男孩到底是誰？真的是楊光？

秦睿說楊光精神崩潰到想死的地步，是在說謊吧！這人怎麼看都不像是不想活下去的樣子啊！

賴文善原本並不想懷疑秦睿，但楊光的態度真的很難讓人和悲觀兩個字畫上等號，老實說，賴文善不太懂要怎麼面對這種情況。

「你想接吻？」

「嗯。每次和你對上視線，我就會忍不住想親你。」

「呃，你這樣真的有點誇張了。」賴文善垮下嘴角，「難道是受到這個世界的空氣影響？你不是說過空氣裡面含有能夠讓人性興奮的成分嗎？」

「你別把我說得好像無時無刻都在發情一樣。」

「那你敢說跟我接吻後，就不會想繼續往下做？」

「只有接吻就結束，不是很可惜嗎？」

楊光有點委屈地撇嘴，他覺得自己在賴文善的眼裡就像是個性愛上癮者，雖然他無法否認想要和賴文善做愛，但他並不想因為欲望而讓賴文善遷就自己。

「話先說在前面，我以前不是這樣的。但不知道是不是因為對象是你，我總是忍得很痛苦。」

「既然如此，我們從今天開始分床睡？」

「……絕對不要。」楊光用力握緊賴文善的手，皺緊眉頭，想都沒想立刻拒絕這個提議，「跟你分開睡我會失眠的。」

楊光的眼神，偶爾會讓人覺得有些危險。

每當賴文善看到他眼底隱藏的抑鬱，就會有點擔心他被這個世界影響太深。

「跟你開玩笑的。」他用力回握住楊光的手，伸手輕撫他的臉頰，「我們回去吧，你的瞳孔亮度變淡了，得在能力消失前回到安全的地方去。」

在跟秦睿分開前，他給了賴文善一個眉什麼太大用處的建議。

因為他現在已經在其他陣營面前公開自己的身分，就算其他陣營已經承諾不會對他出手，但並不是所有人都會乖乖照做，所以秦睿希望他跟楊光能夠盡量維持在「能力啟動」的狀態下。

簡單來說，就是希望他們天天做愛的意思。

這個方式雖然聽起來很讓人無言，可是賴文善卻可以理解秦睿為什麼會做出這樣的決定跟判斷。

楊光側頭輕輕磨蹭賴文善的手掌心，乖巧地回應：「秦睿是不是告訴你，要我們隨時保持能力啟動的狀態？」

「哦？看來你也是這麼想。」

賴文善並不意外，因為這確實是最直接的解決方式。

不過聽到這種話的楊光，應該會很開心吧。

直視眼前這張俊俏帥氣的臉龐，看到他展露出燦爛的笑容，背後彷彿有花田盛開的模樣——賴文善就知道，自己的屁股跟腰岌岌可危。

「你應該知道適可而止吧？」

「當然。」

楊光笑得燦爛，賴文善知道，這男人在睜眼說瞎話。

不管怎麼說，他也沒辦法拒絕，雖然楊光說自己並不擅長跟男人做愛，但對於學習能力很強的楊光來說，不是什麼太大的問題。

「……回去後要做嗎？」楊光把額頭貼過來，「我想做，跟我做好嗎？文善。」

「會做的啦，所以別這樣撒嬌。」

「你不喜歡？」

「不是不喜歡……」賴文善把嘴唇靠近楊光的耳邊，輕聲低語：「我是怕自己會忍不住勃起。」

楊光緊抿雙唇，明明是主動撩人的那一方，卻反而被賴文善刺激到滿臉通紅，逼不得已只好往後退開。

他用手背遮住嘴巴，卻沒辦法掩飾泛紅的臉頰與耳尖，純情的模樣，令賴文善萌生想要欺負他的念頭。

「明明是你自己要求的。」

「沒辦法啊，我、我太喜歡文善你了。」

「嗯……」賴文善將視線往下，盯著楊光稍稍勃起的下半身，「真拿你沒輒。」

他拉著楊光走進旁邊的樹叢，手橫過他的臉頰，把人壓在樹幹上。

「文、文善？」

楊光呆愣地看著賴文善對自己微微一笑，接著他突然往下蹲，並把他的褲子拉鍊拉開。

被賴文善的行為嚇到說不出話來的楊光，看著他把自己勃起的陰莖掏出來，放在掌心裡把玩，眼神驚恐到不行。

「文文文……文善，唔……」

楊光稍稍提高音量，隨後就看到賴文善把他的陰莖放入口中。

鼓起的臉頰、慢吞吞地放在溫暖的嘴巴裡進出，雖然吞得不深，動作也很緩慢，但是楊光卻覺得舒服到不行。

他喘著氣，看著為自己口交的賴文善，眼中的理智慢慢被欲望淹沒。

賴文善的技術很好，他知道怎麼做能讓對方感到舒服，舌尖總是在挑逗，像是故意要讓他變得更加興奮一樣，誘惑著他把陰莖插入喉嚨深處。

賴文善雖然不舒服地皺緊眉頭，卻沒有拒絕，而是努力把他的陰莖完全吞下去，因為呼吸困難而顫抖的喉嚨，不斷刺激著插在裡面的龜頭，幾次蠻橫地抽插後，楊光最後忍不住射在他的嘴裡。

「哈、哈啊……文善……」

楊光喘著氣，看著賴文善慢慢將自己變軟的陰莖吐出來的模樣，覺得好像又快硬了。眼前的賴文善，臉上沾滿他的精液，而這個人不但沒有把它吐出來或是擦掉，而是在注視之下用那誘惑著他的舌頭，將那些難以下嚥的精液捲進嘴裡。

賴文善垂下眼眸，他能感受到楊光正目不轉睛的看著自己，所以才會「故意」用這種挑逗的方式吞下他的精液。

在沉默幾秒後，賴文善抬起眼。

楊光的瞳孔如太陽般的閃耀著金色光輝，而在這雙眼睛裡，他看出了這個男人對自己的「欲望」。

這讓賴文善很興奮，嘴角不由自主地上揚。

「要在這裡做嗎？」

他捧起再次勃起的陰莖，側頭靠過去，用自己的臉頰輕輕磨蹭。

「唔呃……你是故意的吧。」

楊光知道自己正在踏入賴文善設下的陷阱，糟糕的是他不但不想逃走，反而想要更多。

他抓住賴文善的手臂，把他從地上拉起來。

賴文善被他粗魯的行為嚇一跳，回過神的時候發現自己已經被他扯下了褲子。

楊光反身將賴文善壓在樹幹上，讓他的背面向自己，下半身故意輕輕地磨蹭他的屁股。

有些著急，但又有點故意在吊他胃口的意思。

賴文善發現他的意圖後，無奈苦笑。

「快點……別讓我著急。」他慢慢地用屁股磨蹭楊光的下半身，斜眼凝視著楊光硬挺的陰莖，著迷地垂下眼簾。

楊光咬緊下唇，按耐不住衝動地將自己的陰莖用力插入——

嗶嗶嗶嗶！

才剛插入賴文善的身體裡，楊光的手錶突然激烈地發出警告聲，讓陷入情欲的兩人瞬間恢復理智。

閃爍著金色瞳孔的楊光，迅速抬起頭，冷汗直冒地看著比樹木還要高大的黑色人影從面前走過，便立刻轉身抱住賴文善的身體，將他護在懷中，背貼著樹幹坐在地上。

慌張之下，他完全忘記自己還放在賴文善的體內，強而有力的擒抱加上突然下沉的身體，讓插在對方屁股裡的陰莖一口氣進到最深處。

「唔——」

賴文善皺緊眉頭，幾乎是靠理智來讓自己不喊出聲音，受到刺激的他，敏感到無法停止顫抖，一抖一抖地坐在楊光身上。

因為賴文善太過緊張的收縮，楊光感覺到自己的陰莖被絞得很緊，雖然痛到快要射出來，但還是強行忍住了。

手機的警告聲停止，而那巨大的人影並沒有察覺到他們的存在，雖然距離很近、行動也很緩慢，但它仍盯著前方，不為所動。

賴文善和楊光能夠聽見彼此瘋狂的心跳聲，因為他們完全沒想到，會在這裡遇見「A」。

不幸中的大幸是，只有一隻。

他們現在不敢亂動，連呼吸都很小心，即便是在如此緊張、很容易讓人軟下來的危險情況，但他們兩個人的陰莖仍很有精神地高高挺起。

賴文善原先還不怎麼懂楊光之前所說「因為這個世界的空氣影響，能夠不顧個人意願產生性欲」這句話的意思，現在他可以明白了。

確實——這個世界很不正常。

他沒想到自己在身後有怪物的情況下，還想著要讓楊光繼續頂撞他的身體，繼續做下去。

賴文善的瞳孔顏色已經恢復正常，這表示他現在沒有辦法使用能力，萬幸的是剛才他已經先讓楊光射過一次，所以楊光的能力是啟動狀態，如果有什麼狀況，他多少能夠應對。

賴文善稍稍向前彎曲身體，因為只插在體內卻不能隨心所欲磨蹭內壁的感覺，搞得他心煩意亂，而認真留意「A」的楊光，並沒有注意到賴文善的狀況。

——直到他發現賴文善突然小幅度的上下移動身體，把他當成按摩棒磨蹭自己的屁股裡面。

「文、文善……唔！現在……拜託你別亂動。」

楊光咬牙切齒，好不容易才轉移注意力，結果又因為賴文善不安分的行為，而讓他感到興奮。

他喘息著將賴文善緊緊抱住，用舌頭輕輕舔拭沾在他後頸上的汗水。

「啊啊……啊……」

賴文善舒服地喊出聲，在他的被動誘惑下，楊光抓住他的腰開始用力衝頂。

他怕被怪物聽見，所以只能小心翼翼地壓低聲音，舒服的感覺完全停不下來，他們就像是無視於性命危險，沉浸在做愛的歡愉中無法自拔。

楊光的眼眸閃動著的亮光變得更加耀眼，他低沉地喘息，張開嘴，用力啃咬賴文善白皙的後頸，直到留下帶著鮮血味道的齒印。

賴文善一顫顫地抖著，因為楊光的啃咬行為而忍不住高潮。

半閉的眼眸重新染上銀色亮光，在亮度慢慢上升的同時，楊光突然把他推倒在地，用力將他的兩隻手臂往後拽，失去理智般地扭腰撞擊他的屁股。陰莖狠狠插入，就像是要把他刺穿般，令賴文善舒服到失神。

「不、不行……楊……光……」

從乾啞的喉嚨裡，勉強地喊著楊光的名字，但是並沒有讓他停下來。剛射過一次沒過多久後，他又再次高潮，狠狠地射在地上。

楊光鬆開手，將自己的陰莖拔出來，看著撅起屁股面向他、因為興奮過度而不斷抽搐的賴文善，大口喘息。

他看了一眼手錶上的時間，重新把人拉起來，面對面抱著。

「文善，抱歉。你沒事吧？」

「說……說什麼沒事……」賴文善一邊喘息，一邊用抱怨的口吻責罵，「你、你明知道現在不是做這種事的時候……」

楊光乖乖接受他的責備，尷尬地摳著臉頰苦笑。

確認他的眼睛好好地閃爍銀光後，他把下巴貼到賴文善的胸口上，輕輕捏著他的屁股說：「沒事，不會有事的。」

「你為什麼這麼肯定——嗯？」

賴文善不懂為什麼楊光看上去並不在意「A」，明明他也很清楚那隻怪物的危險性，直到他發現周圍的情況有些不太對勁。

雖然現在是天黑，但仍然可以清楚看到「A」的模樣，奇怪的是，明明應該在往旁邊移動腳步的它，此刻卻像是石化般，動也不動。

楊光提眸觀察賴文善訝異的表情，微笑著撿起旁邊的石頭，把它舉起到肩膀的高度後鬆開手。

賴文善目不轉睛地看著楊光詭異的舉動，並親眼目睹他手中的石頭停滯在半空中，沒有墜落的奇妙景象。

他張大嘴，一臉訝異地問：「這是什麼情況？」

「是我的『能力』。」楊光重新把手放在他的屁股上，「你雖然很可愛地對我的能力做了一大堆猜測，但很可惜，都沒有猜中。」

「……這句話真讓人不爽。」賴文善生氣地掐住楊光的臉頰，接著嘆口氣，「別賣關子了，你到底做了什麼？」

「我可以『停止時間』。」楊光無奈地撫摸被他扯到發紅的臉頰，「嚴格來說我只能停止五秒鐘左右，但在和你做過之後，我發現自己能夠停止的時間最多能到六十秒。」

賴文善當場傻眼。

意思是，楊光剛才為了跟他做愛，所以用能力將周圍的時間暫停，直到他高潮為止？

這傢伙瘋了是不是！

楊光沒有注意到賴文善把他當成瘋子看待，繼續解釋：「我的能力有個特別例外，是可以靠我本身的意志選擇停滯時間的範圍與對象，不過之前因為只控制五秒的關係，所以我一直沒試過，也搞不懂為什麼會有這個特殊例外，要不是因為你，我也不會弄清楚。」

他抬起頭，像是渴望稱讚的孩子，笑嘻嘻地說：「所以你像現在這樣，沒有受到時間停滯影響的理由，是因為我。」

楊光剛坦白完沒多久，那顆停滯在半空中的石頭突然掉下來，把賴文善嚇了一大跳。原本還露出輕鬆笑容的楊光，眼神瞬間變得黯淡。

他冷冷地看了一眼那顆掉落在地上的石頭，小聲碎念：「……時間到了啊。」不遠處的「A」再次緩慢往前移動，賴文善緊張地摀住嘴，而楊光則是觀察「A」的移動方向後，迅速替賴文善穿好褲子，拉著他悄悄地往反方向走。

直到確認距離安全，不會有問題後，兩人才鬆口氣。

「我真的沒想到，原來你的能力是讓時間暫停。」賴文善抬起頭，開口就是繼續追問，「說真的，我完全感覺不出來……甚至還以為是移動物體之類的。」

「從你的角度來看，確實有點像是物體移動了沒錯，不過我沒有刻意隱瞞自己能力的意思，是你擅自誤會。」

賴文善朝他翻了個白眼，「既然知道就趕快糾正我啊！」

「呃，我也想過啦。但是你誤會的樣子很可愛，所以我就……」

「啊？」

賴文善的聲音低沉可怕，讓楊光意識到他不爽了，急忙否認。

「沒事，什麼都沒有。我們回家吧。」

生氣歸生氣，但賴文善其實並沒有那麼不高興，因為楊光說得沒錯，確實是他擅自誤會也沒有加以確認，才會鬧出這樣的烏龍。

他現在反而比較在意楊光剛才說的另外一件事。

「你說和我做過後，能停止的時間變長是什麼意思？」

「咦？難道你的能力沒有改變嗎？」

「沒有啊？」賴文善雙手環胸，挑眉反問，「為什麼你會這樣認為？」

楊光原本還想說什麼，但是卻又放棄，心情看起來有些沮喪。

他喃喃自語：「……難道能力變強，跟這件事沒關係？」

秦睿說過，搭檔之間如果契合度高的話，很有可能會提升原本的能力，讓自己變得更強，所以他才會一直認為能操控的時間範圍變廣，是因為賴文善的關係。

難道說，只有他單方面地認為自己跟賴文善很合得來，但是賴文善卻不這樣認為？

重新認識到這個事實的楊光，面色凝重地抬起頭問：「文善，我是不是做得不夠好，沒能滿足到你，所以你的能力才沒有變化？」

賴文善聽到他的結論後，差點沒被自己的口水嗆死。

「你、你在說什麼？」

「我說你是不是因為我的技巧太爛——」

賴文善被他說出口的話嚇到，立刻衝過來摀住他的嘴。

楊光可憐兮兮地盯著他，想要向他尋求答案，讓賴文善實在沒辦法無視。

「不是那個問題，傻瓜！」

「可是……」

「好了啦你！」

楊光無視賴文善的抗拒，拉住他的手腕，把他拽到面前來。

看著那雙閃閃發亮的美麗金色瞳孔，深深地凝望著自己，賴文善突然覺得有些害羞地垂下頭，僵硬地挪開視線。

「文善，把頭抬起來。」

賴文善抖了一下身體，不情不願地照著楊光的話去做。

才剛把頭抬起來，楊光就把嘴唇貼近，像是早就預謀好地吻上去。

突如其來的偷襲，讓賴文善的臉變得更加通紅。

他猛然往後退，卻因為被楊光拉住手腕而無法拉開太多距離。

楊光用迷戀不已的目光，直勾勾地看著他，反射性想要說些什麼來化解這曖昧氣氛的賴文善，急忙張開口。

「你、你真的很故——唔！」

這次楊光抓住他另外一隻手，再次把嘴唇貼過去。

軟綿綿又溼潤的吻，輕輕地、非常溫柔，就像是把他當成易碎物品般對待。

賴文善無法抗拒被人這樣對待，雖然對他來說，這樣的接觸十分陌生，但因為對象是楊光，總會讓他感到無法抗拒。

他漸漸地搞不懂了。

究竟是他無法反抗，還是說他根本就不想推開這個男人。

楊光看著賴文善被自己的吻牽著鼻子走的模樣，忍不住笑出來。

雖然賴文善總是不願承認，但他真的覺得他好可愛。

他很想再繼續吻下去，可惜手錶再次傳來震動與警告聲。

打破氣氛的時間點，真的很糟糕，可是他們沒辦法無視怪物的出現。

「……怪物出現的是不是有點太頻繁了？」

「秦睿說過，『愛麗絲』出現之後怪物的活動會變得比之前還要熱絡，所以才需要開茶會提醒所有人。」

愛麗絲——這是受到怪物喜愛的能力者的稱呼，當然，這件事也是他從秦睿給的資料裡面知道的。

所有能力者都知道「愛麗絲」是什麼，也很清楚他的重要性。

「愛麗絲」不僅僅只是受到怪物們的喜愛，成為牠們攻擊的目標，同時也是能力者們覬覦的對象。

「先回去吧。」賴文善反過來抓住楊光的手，「我有話要說。」

楊光點點頭，似乎已經知道賴文善想說什麼，握緊他的手繞過那些危險的怪物，往住處的方向前進。

Chapter 03 道具

秦睿要求賴文善支開楊光，私下單獨見面的原因，不僅僅只是要跟他說楊光的過去，還有身為「愛麗絲」的他所需要知道的情報。

坦白說，就算這個世界是以《愛麗絲夢遊仙境》的故事為基礎建造的，但被人稱為愛麗絲什麼的，還是讓他覺得有點不舒服。

在啟動能力，成為這個世界真正的一份子之後，賴文善總有種奇怪的感覺。

很難找到正確的形容詞來說明，真要說的話，就是強烈的違和感。

拿「愛麗絲」來說，明明在聽見這可笑的稱呼後，應該會有很多人無法接受、習慣，可是所有人卻立刻就能理解，完全沒有想過要去思考「為什麼」。

並不是因為他們缺乏自我思考的能力，而是他們下意識認為這些專有名詞就像吃飯睡覺那樣自然，不需要去懷疑。

「能力者」就像是原本生活在這個空間裡的居民，就算沒有獲得那些基本知識的記憶，但在聽到像是「愛麗絲」這樣的稱呼後，卻能立刻理解並接受。

賴文善從第一次啟動能力後就意識到，這是件很危險的事。

因為這表示，所有能力者正在慢慢地跟這個世界同化，而到最後，就會慢慢變得不想離開這個地方。

事實上，根據秦睿說的，已經發生過這樣的事情了。

而且還是秦睿自己本身的經驗談。

「楊光有跟你說過我待在這裡多久了嗎？」

回想起秦睿說出這句話時的表情，讓賴文善理解到這是件十分嚴肅、必須重視的問題。

秦睿並沒有要隱瞞的意思，反而主動提起，聽上去反而有點像是在求助於他。

「有，他跟我說你大概待了兩年。」

他清楚記得當時自己是這樣回答的，也記得秦睿在聽到回答後，無奈苦笑。

「你應該發現了吧，待在這個世界越久，受到的影響越大，到最後會慢慢失去逃離這個地方的念頭。」

「然後就會變成徘徊在這個地方的怪物？」

「……雖然我不確定，但很有可能。」

秦睿並沒有把話說死，這也是賴文善第一次從他口中聽見不確定的答案。

可是，秦睿的話很有道理，就像楊光被影響到精神不穩定，想要靠死亡來逃避這一切，其他能力者很有可能也會這麼做。

「在茶會上感覺不出來，其他人的精神狀況有這麼糟糕。」

「其他陣營首領大多都還是想要逃出去的，就算知道自己的精神開始變得有些不正常，但也不想死在這種地方。」

賴文善盯著秦睿的側臉，「你也一樣。你看起來也不像是受到這個世界影響的樣子，你不是在這裡待了兩年？」

「是因為我的能力，所以你可以說我是異類。其他陣營裡雖然也有跟我一樣待了兩年左右的，但大部分都只有一年左右，最短的……幾週都有。能力者們死得很快，所以陣營的首領更換速度也很快。」

「意思是，你是所有能力者中最資深的人囉？」

當時，秦睿並沒有回答他這個問題。

但賴文善可以從他彎起眼角，露出苦澀笑容的臉上，讀出他的回答。

——秦睿是待在這個世界裡最久的能力者。

交談的時間並沒有很長，但這段時間裡，秦睿卻把他當成救命稻草般，把一切都跟他交代清楚。

雖然他可以感覺得到秦睿還有所隱瞞，不過那應該都是與他無關的問題。

撇除那些讓人心煩意亂的話題，秦睿給了他一個非常有用的情報，這也是他接下來要跟楊光談的事情。

回到秦睿之前安排給他們的臨時住處後，賴文善開始和楊光討論要如何處理「愛麗絲」這個麻煩的身分。

「秦睿這次找我過去，主要是想讓我去拿個道具，如果有那個東西的話，至少可以脫離那隻該死的貓的耳目。」

秦睿說楊光也知道那個道具的存在，所以只要稍微跟他提起這件事，楊光就能明白並且協助他。

說是這樣說，但秦睿根本沒告訴他，楊光會因為這件事而不爽。

在看到楊光漸漸失去笑容的表情後，賴文善知道自己不該傻傻相信秦睿，老老實實地問楊光這件事。

「……秦睿要你去找那個道具？」

「嗯。」賴文善冷汗直冒，小心翼翼地觀察楊光的臉色，回答：「現在那些『角色』都知道我的存在，他們會變得積極想要殺掉我，但如果我一直被他們追殺的話，就沒辦法好好去找『Original』，所以我需要那個東西。」

他原本以為楊光會堅定拒絕，意外的是，楊光並沒有否定，只是看起來頭很痛、非常不想讓他去找那個道具似的。

即便賴文善不清楚到底發生什麼事，但還是能從他的反應稍微猜到些什麼。

「該不會……在我之前的那個『愛麗絲』，就是在找這個道具的時候死掉的？」

楊光皺緊眉頭，有時候真的覺得如此容易察言觀色的賴文善很煩，卻又總是因為他聰明的模樣著迷不已。

最後，他也只能老實坦白。

「對，沒錯。當時陣營聯手組團去協助那個人，我……也是被選上的團隊成員之一，可是我們失敗了。」

「所以那個愛麗絲死了？」

楊光點點頭，有些擔心地抓住賴文善的手，深怕自己說的話會讓賴文善感到不安。

不過，賴文善的反應並不像楊光想的那樣悲觀。

他聽完後歪著頭，仔細思考道：「這樣不是很好嗎？有失敗的經驗就表示下次不會再犯同樣的錯，怪不得秦睿會叫你陪我去找。」

「呃，文善，你有聽懂我剛才說的話嗎？」楊光有些著急地握緊他的手，「那個人可是死了喔？你難道不害怕自己也會落得跟他一樣的下場？」

「開什麼玩笑？光是待在這個鬼地方我就已經怕死了好嗎，但就算再怎麼害怕，也還是得面對現實。」賴文善皺著眉頭，嚴肅地否定楊光的想法。

楊光沒想到會聽見他這麼回答，反而被他嚇得瞪大雙眼。

突然，他有點理解自己為什麼會被賴文善吸引了，眼前這個比他瘦弱矮小的男人，明明看起來很弱，又好像對其他事情不怎麼感興趣的樣子，但是卻意外地勇敢，而且比想像中還要認真面對眼前的問題。

和想要逃避的他不同，這樣的賴文善在他眼裡，成為最特別的存在。

「你真的好帥氣啊……文善。」

「說什麼呢你，明明你比我帥多了，我這張臉怎麼看都不可能比你還帥的吧？」

「嗯，你說得沒錯，應該是可愛才對。」

楊光笑嘻嘻地更正，他那掃去陰霾的爽朗笑容，讓想要反駁他的賴文善默默把想說的話吞回肚子裡。

該死，他真的很喜歡楊光的臉，不管怎樣都好看。

「你遇過幾個愛麗絲？」

「不包括你在內的話，兩個。」

「這樣聽起來，愛麗絲出現的頻率滿高的？」

「嗯，基本上前一個愛麗絲死亡後，下一個不會隔太久出現，只不過如果他們在其他人發現前就被殺死的話，我們也不會知道，所以我們才需要成立陣營，互相保持訊息流通。」

「原來如此……聽上去很像是愛麗絲親衛隊？」

「哈哈！這個形容方式真的很有你的風格，文善。」

「……幹嘛？你是想說很俗嗎！」

「不，是可愛。」

「你還真是喜歡把可愛兩個字掛在嘴邊。」

「要不是因為文善你真的很可愛，我也不會這麼常講這兩個字。」

「油嘴滑舌。」

「嘻嘻……這是文善限定。」

楊光雙手還住賴文善的腰，把臉埋進他的鎖骨輕輕磨蹭。

賴文善拍拍他的腦袋，「總而言之，你別擔心。秦睿說我們兩個去找那個道具就好，人太多反而麻煩。」

「嗯，確實。」楊光扁著嘴巴，「上次就是因為人太多，結果變得很顯眼，導致更容易被盯上，而且那次的愛麗絲的『能力』是屬於輔助型的，所以我們才會用組隊的方式去找。」

賴文善摸著下巴，歪頭思考。

「換作是我的話——應該不用太擔心，因為我的『能力』很強。」

「可能秦睿跟你說，要我們兩個人去就好的原因，就是因為他知道你有能力可以對抗那些怪物吧。」

「嘿嘿，該不會我是最強的？」

這句話雖然是自己說出口的，但賴文善說完後又覺得有些羞恥。

他個性雖然陰鬱，但是一點也不中二啊！

果然這個世界會影響到人的思考，連他都變得有點不正常了。

正當他後悔過於自信而說出口的話時，一轉頭就看到楊光用閃閃發亮的眼神盯著他看，讓他驚覺事情不太妙。

「楊、楊光？」

「文善你太可愛了，害我又想做……怎麼辦？」

「什麼怎麼辦！」賴文善用力推開努力想要貼過來的楊光，「不做！我說了今天不——」

可惜，以賴文善的力氣，根本不可能推得開楊光。

所以不管他如何堅持反抗、拒絕，最後仍會被牽著鼻子走。

「我不會放進去的，所以讓我舔……或、或是摸一下子就好。」

說是這樣說，但楊光卻不斷用下半身磨蹭他的大腿，很顯然這個男人是打著先讓他妥協，然後再隨心所欲的念頭。

剛開始賴文善並不打算接受，因為他知道楊光不可能停得下來，但一直被他到處亂摸，毫無節制地又舔又親，害他也變得越來越想做。

「……只能一下下。」

最後他用手掌心遮住因為體溫升高，而變得紅通通的臉頰，小小聲地回應。

楊光抬起頭，詭計得逞的他，笑得特別開心。

「嗯。」

這個回答，明明就不能算是允諾，反倒像是在敷衍。

賴文善還沒能來得及仔細分辨，就被楊光壓過來的身體，推倒在床上。

床板嘎嘎作響，不久前才重新穿好的衣服，一件件掉落。

渴望著彼此的喘息聲，與帶著黏膩、令人遐想的水聲，取代了對話。

即便瞳孔仍散發著亮光，但他們並不在乎。

因為對他們來說，做愛並非只是啟動能力的一種手段，而是疼愛對方、釋放欲望的表現方式。

楊光每次的撫摸、親吻，都讓人心癢難耐，賴文善雖然默默接受著他的感情，卻也漸漸察覺到情況不妙。

也許是因為不曾被人如此溫柔對待，賴文善有點不習慣，但，並不討厭。

他睜開眼，看著因為和他接吻而露出舒服表情的楊光，慢慢閉上。

挑逗的舌尖，捲弄口腔內壁的搔癢感，以及從他的嘴巴裡感受到的炙熱吐息——楊光的一切就如同滾燙的熱水，在他的全身留下印記。

「……好舒服，再來，再多吻我一些。」

「我會給你的，所以把嘴張大點，文善。」

楊光捧起他的臉，按照他的渴求，給予更深、更強烈的吻。

這天，他們異常專注於接吻，彼此眼中，只能看得見對方的嘴唇。

／

這個世界的面積，沒有人能夠準確地說出來，即便靠著手機APP上的地圖，也無法看清楚全貌，因為地圖的範圍就像是被限制一樣，無法看到超出一定大小的距離，所以賴文善很早就放棄去了解。

雖然無法確定這個世界到底有多大，但大部分的地點都是可以靠雙腿走得到，而且這些地點隨時都在改變，一週前還是個廢墟的地方，一週後就變成連個水泥塊都看不到的樹林，所以去記地點並沒有多大的幫助。

賴文善總感覺，這個世界就像是想要他們去依賴手機生存，因為比起眼前看到的事實，手機給予的情報更有用處。

在不需要交通工具移動的這個世界，也是存在有著可以任意縮短距離、到達目的地的能力者——例如申宇民。

「到了。」

透過申宇民的能力，賴文善和楊光穿過影子通道，來到秦睿要他們去取道具的便利商店附近，而在送完他們之後，賴文善連道謝都還來不及說，申宇民就急著離開，就像是有什麼重要的事情等著他回去一樣。

賴文善看著眼前的影子，回想起申宇民和秦睿之間曖昧不清的氣氛後，突然有種不可以繼續思考下去的想法。

楊光倒是已經很習慣申宇民的冷淡態度，牽著賴文善的手說：「文善，那間便利商店周圍很容易出現怪物，所以你絕對不可以離我太遠。」

「……好。」

出發前，楊光已經把手錶的通知轉為震動模式，這是為了讓他們更容易避開危險，在怪物們的眼中，賴文善就像是誘人的甜點，即便是被一隻纏上，想要脫身都很困難。

楊光並不是第一次來到這裡，對於那樣道具的擺放位置、模樣，以及周圍會出現的怪物類型都十分熟悉，接下來他們要做的，就是不重蹈覆轍，像上個「愛麗絲」那樣被殺死。

「文善，便利商店快到了，專心點。」

見賴文善有些分神，楊光便出聲提醒。

看著他憂心忡忡的表情，賴文善無奈苦笑。

「我很專心啦，別擔心那麼多。」

他們穿過樹林，來到鋪著柏油的馬路，地層像是被擠壓後隆起，道路裂成好幾塊，堆疊成小山丘，而在這座山丘上面，有間三分之一懸掛在邊緣，看起來隨時都有可能會墜落的便利商店。

便利商店的招牌不規則地閃爍著光亮，甚至冒出零星火花，傾斜成四十五度角的路燈雖然有著隨時都可能砸到人的危險性，卻沒有損壞，仍好好地照亮道路。

這間便利商店面積不大，不過有三層樓高，看起來不像是會擺放什麼特殊道具的地點，除怪物之外，似乎也沒有其他危險性，但不知道為什麼，賴文善總覺得這間便利商店有種令人不安的氣氛。

之前的「愛麗絲」會死在這麼不起眼的便利商店裡，肯定是有什麼特殊原因。

「文善。」楊光壓低身體，貼在賴文善的耳邊低語：「我們得走側門，你爬得上去嗎？」

賴文善聽到楊光這麼說，抬起頭看著那幾層像是夾心餅乾的柏油路面，實在不太確定自己是不是真的能爬得上去，畢竟他不擅長這種運動。

楊光似乎察覺到賴文善的難處，便立即改口。

「我會走在前面帶你，你只要跟著我就好。」

賴文善點點頭，乖乖跟在楊光身後，慢慢地往上爬。

等爬到便利商店所在的高度後，賴文善已經滿身是汗，體力不支地趴在地上喘氣，楊光倒像是剛做完暖身操，爽朗地拉起上衣擦汗，完全沒有感到半點疲勞。

體力的差距，再次讓賴文善感到不可置信。

看來楊光在做愛的時候有手下留情，要不然以他這種怪物般的體力，每次做完肯定都會讓他累到沒辦法離開床。

「我們運氣還不錯，這附近正好沒有怪物。」楊光用手錶確認周圍安全後，小心翼翼將累到腿軟的賴文善扶起來，緊緊牽住他的手，「之前我們來的時候，側門那附近是安全的，只要照著之前的路線進去就好。」

「沒問題嗎？上次那個人不就死在這裡？」

楊光垂眸，「他不是因為走我們確認過的安全路線而死的。」

「那他是怎麼死的？」

「……是疏失。」

「各陣營都派人陪著，怎麼會有疏失？」

「文善，這間便利商店很危險，所以你絕對不可以離我太遠。」

見楊光又想迴避這個問題，賴文善也只能嘆口氣。

算了，看樣子繼續討論這件事沒有多大的意義。

兩人牽著手往側門的位置走過去，但才剛往前走沒多少距離，楊光就像是被什麼東西嚇到一樣，突然停下腳步。

愣神的賴文善跟著他停下來，滿頭問號地抬起頭，赫然發現楊光的臉色變得超級難看，眼神凶惡地瞪著前方。

因為手錶沒有反應，加上楊光的態度明顯有些不尋常，所以賴文善好奇地順著他的眼神看過去。

便利商店的側門附近有群人，這讓賴文善的眉毛抖動了一下。

他不認識那些人，但從楊光似乎不是。

「這不是那個從我們陣營裡夾著尾巴逃跑的傢伙嗎？該死，運氣有夠背的。」一名穿著運動外套的男人走過來，他的手裡拎著鐵製球棒，看上去並不歡迎他們，反而像是把人視為累贅，沒放在眼裡。

楊光稍微用身體將賴文善護在身後，隔開這群人盯著他的視線，並用低沉沙啞的聲音，以及絲毫沒有半點善意的態度質問對方：「你們為什麼會在這？」

「來便利商店還能有什麼理由？當然是來拿資源的。」

楊光黑著臉，根本不相信這個男人說的話。

「茶會上不是已經說好，『愛麗絲』會由『睡鼠』負責？既然如此為什麼『瘋帽』還要故意介入？」

「我剛才不是說了？我們來這裡的目的不是因為你們，這樣的話根本就不需要得到你們的同意。」

男人勾起嘴角，輕輕地用鐵球棒敲打地面，發出清脆的聲響。

「我們只不過是湊巧來到這裡，然後遇到你們兩個人而已，你幹嘛說得好像一副被我們騷擾的樣子？」

「……哈！劉成樺，你覺得我會相信你說的鬼話？」

楊光很火大，氣到青筋浮現。

他走上前貼近對方，雖然身材差不多，但楊光的氣勢卻狠狠地壓制住對方。

不知道是不是被楊光的眼神嚇到，劉成樺的額頭冒出許多汗珠。

「既然你們有膽說出這種藉口，就得為自己負責。我想你們應該不會是不知道裡面的危險程度，傻傻跟過來的吧？」

劉成樺身後的同伴似乎真的被楊光說的話嚇到，你看我我看你，透露出不安的情緒，但劉成樺並沒有受到影響。

他硬著頭皮，拽住楊光的領口，朝著他的臉斥吼：「你竟然敢威脅我？翅膀硬了是吧！」

楊光毫不留情地甩開他的手，冷聲道：「我不知道瘋帽想幹嘛，劉成樺，你最好聽我的乖乖滾遠點。」

「臭小子！你離開瘋帽到那群臭老鼠身邊鬼混後，變得越來越目中無人了，別以為你能力強就可以為所欲為，不把人放在眼裡——」

「那又怎樣？」楊光理直氣壯地坦然道：「我的能力強是事實，當初瘋帽不也是因為看中我的能力，才強行把我留下來的嗎？」

劉成樺在聽到楊光說的話之後，臉色變得更難看了。

站在後面的賴文善總覺得這樣下去，事情會變得更複雜，於是便主動站到兩人中間，把他們推開來。

「現在不是爭論的時候。」賴文善看了悶悶不樂的楊光一眼後，轉頭對劉成樺說：「就照你說的，我們只是『湊巧』見到彼此，除此之外沒有任何關係。」

劉成樺垂眸瞪著賴文善，不滿地咂嘴。

賴文善用半威脅的口吻接著說：「智蟲的首領知道我跟楊光現在在這裡，如果三十分鐘後我們沒有到會合地點跟他見面的話，智蟲就會帶人過來找我們，你如果想浪費我們的時間，拖到那些傢伙過來，我也沒意見。」

他很清楚其他陣營都有些畏懼中宇民，所以才會故意這麼說。

很顯然，他的威脅十分有效果，劉成樺雖然火大地瞪著他們，但沒有在繼續糾纏，默不吭聲地回到其他成員身邊。

「該死，真是不走運。」劉成樺喃喃自語，臉色不是很好。

他是真的沒料到會撞見這兩個人，賴文善和楊光的出現，徹底打亂他們的計畫，若是沒能完成任務，他很難回去跟首領交代。

賴文善並不清楚劉成樺的盤算，單純地在確定他們會再來接觸後，就不再理會，拉著楊光的手從側門進去。

「文善，別跟劉成樺說話，那傢伙不是什麼好人。」

「要不是因為他浪費我們的時間，我也不會插手。」賴文善小聲咕噥道：「而且他說話的態度真的很讓人火大，我都差點用能力攻擊他了。」

聽到賴文善這麼護著他，楊光鼻子一酸，感動地從背後緊緊抱住他，但是卻被賴文善嫌麻煩，用力推開來。

「別黏著我！這裡又窄又難走，你還貼上來……」

「我好喜歡你，真的真的好喜歡你，文善！」

楊光拚命用臉頰磨蹭他，賴文善一方面覺得煩，一方面卻又覺得拚命撒嬌的楊光很可愛。

明明身處危險之中，他還能產生這種想法，肯定是瘋了。

「我們快點拿完道具，早點離開這裡回去休息吧。」

賴文善寵溺地拉扯楊光的臉頰，背著緊貼在他背後的高大男人往便利商店深處走過去。

他可以聽見後面有腳步聲跟隨，但是並不是很想理會。

先不管瘋帽到底想打什麼算盤，把秦睿說的那個東西找到手才是最重要的事，畢竟那是可以讓他不被怪物盯上的重要道具。

楊光當然也有注意到劉成樺那群人，但只要彼此間井水不犯河水，他就什麼都不會做。

就像賴文善希望的那樣。

便利商店裡的光線不算太過昏暗，宣傳版上的燈光和緊急照明等，就足夠照亮室內的擺設與商品，不過讓賴文善訝異的是，這間便利商店架上的物品都很齊全，像是沒有人拿過一樣。

建築外表雖然看起來有些破爛、毀損，但內部卻很乾淨，就像是不久前還有在營業似的，強烈的差異感讓人不由自主地起疑。

來道狹小的樓梯口，旁邊牆壁上掛著各樓層販售用品類型的看板。一樓都是些日常用品，二樓是藥妝，三樓則是他們要去的食品區。

樓梯的寬度跟賴文善的肩寬差不多，一次只能單人通過，而且旁邊沒有扶手，走得太快很有可能會摔下去，所以只能小心翼翼地一前一後慢慢上三樓。

三樓明明是食品區，卻意外得很空曠，而且不知道為什麼架子上只有擺放同一種商品，像是複製貼上，佔滿所有櫃位。

然而，這並不是他們要找的「道具」。

除此之外，還有個和一樓很大的差異，那就是光線特別昏暗。

楊光熟練地在踏上三樓後，直接拿出小型手電筒，如果不這樣做，就很難移動腳步。

「這裡之前就這麼暗嗎？」

「嗯，三樓的氣氛很詭異，所以你絕對不可以離開我身邊。」

「知道了。」

賴文善隱約感覺出楊光的態度變得非常小心，也就是說三樓可能沒有看上去那樣安全。讓陣營必須派人一起保護「愛麗絲」的便利商店，究竟有多麼危險？

當腦海閃過這個疑問的瞬間，賴文善突然感到毛骨悚然，就好像有人從背後盯著他看似的。

他迅速轉頭，用手電筒的燈光照亮感覺到視線的位置，可是什麼都沒有看到。

「文善？」

察覺到賴文善不太對勁的楊光，回頭看了他一眼。

賴文善冷汗直冒，思索幾秒後，決定不把剛才的錯覺說出來。

「沒事。有找到那個東西嗎？」

「架上東西有點多，可能得花點時間。」

「真沒辦法。」賴文善邊嘆氣邊跟楊光一起翻找貨架，「聽你跟秦睿說成那樣，我還以為這裡有多危險，現在看起來感覺沒什麼。」

「嗯，我也有點意外。上次來這裡的時候明明有很多怪物，現在一個都沒看到……這樣反而更讓人覺得不舒服。」

「哈哈！該不會是陷阱？故意讓我們放下戒心什麼的……」

賴文善隨口一說之後，立刻後悔。因為他看見貨架旁邊有幾條黑影在晃動。瞬間，他們看到有物體以飛快速度向他們伸長，由於情況太過突然，賴文善和楊光只能臨時往兩側閃避。

條狀物橫跨過他們之間，狠狠插進水泥牆裡，甚至把貨架弄得亂七八糟。

賴文善和楊光各自壓低身體，躲在左右兩側牆壁旁，不動聲色地盯著條狀物。

說它像是觸手，卻又有點不太像，因為那東西是透明的，還能夠自由改變形體，不知道為什麼，明明視線不佳，但是卻可以清楚看到它的模樣。

賴文善觀察幾秒後，發現觸手甩頭往他的方向再次撲過來。

由於它速度太快，賴文善根本沒有時間反擊，只能想辦法左閃右躲，可是，就算他的反應神經再好，也比不過觸手的猛烈攻擊。

小腿被觸手擦過，留下劇烈的灼傷感，就好像是被燒紅的鐵棒碰到，表面皮膚被迅速融掉一塊。

滲出的血染紅鞋子跟地板，明顯減緩賴文善的速度，他撇頭看了一眼樓梯方向，打算硬著頭皮先離開這層樓再說，但他的計畫很快就被這些條狀物發現。

條狀物迅速分裂，就像是海葵的觸手般在黑暗中緩慢搖擺，它們全部集中在賴文善的面前，很顯然是不打算讓他離開。

黑暗中他看不見楊光現在的狀況，但他很肯定那個人不會出事，他只需要保護好自己就好。

「嘖……」

血流不止的右小腿雖然又燙又疼，可是賴文善卻沒有時間去在意。閃動著銀色光芒的眼眸，注視著灑落在周圍的鮮血，一勾手指，讓鮮血凝聚成玻璃珠大小，慢慢飄起來。

雖然不知道攻擊有沒有效果，但現在他也只能想辦法反擊，總不能一直挨打。該慶幸的是，三樓沒有其他怪物，就只有這個麻煩的觸手，否則情況恐怕會更加棘手。

條狀物重新發動攻勢，這回賴文善沒有閃躲，而是將這些血珠如子彈般打入這些條狀物體內。

卡在條狀物內部的血珠慢慢溶解，並染上鮮血的顏色，在賴文善的能力驅動下，鮮血迅速將它染紅，顏色雖然不深，但是已經達成他想要的效果。

——只要有「血」存在的地方，他都能操控。

所以他的目的並非攻擊這些條狀物跟觸手，而是讓鮮血進入它們體內，如此一來他便能控制住這些傢伙。

一切就如同他的計畫，被血液滲透的透明物體，像是凍住一樣，動彈不得，那些看起來煩人的觸手也停止攻擊。

賴文善鬆了口氣，同時也在條狀體停滯後才發現，三樓遍佈著它的軀體，簡直就像是它的巢穴。

正當他想去和楊光會合的時候，眼角餘光注意到透明物體內的鮮血正在慢慢被分解。果然，他的方法只能拖延時間，沒辦法完全限制住它們的行動。

這些條狀物具有腐蝕能力，這就是為什麼僅僅只是擦過他的小腿，就能迅速留下大面積的傷口，由於傷口過大的關係，受傷的位置直到現在還在流血。

雖然說是這個怪物湊巧製造機會給他，但認真來講，他沒辦法跟這樣的怪物抗衡，離開這裡才是最佳的選擇。

「楊——」

正當賴文善打算找尋楊光的瞬間，眼角餘光看見掉落在地上的物品。

他會特別留意到的原因，只是湊巧，因為那僅僅只是一瞬間的事。

在那相同的商品堆中，有個像是鐵盒一樣的物品，它只有掌心大小，照道理來說應該很難在這種情況下被人察覺出來，但，賴文善就是「看到」了它。

這種感覺很奇怪，他說不出確切的原因和理由，可是那樣物品確實進入他的視線範圍之內，就像是它主動呼喚著自己，想要被他發現一樣。

左側傳來鐵架碰撞的脆響，立刻拉回賴文善的注意力，他轉過頭去，沒想到就看到像花朵般綻放的觸手，貼近他的鼻尖。

賴文善嚇一大跳，踉蹌地往後退，跌坐在地上之後，他反射性地爬過去抓住那個鐵盒，同時閃避撲過來的觸手。

「呃！」

賴文善的速度，畢竟還是沒有它快。

抓住鐵盒的手臂被擦過，一大片皮膚被腐蝕，不斷流血。

雖然痛到難以施力，但賴文善並沒有鬆手，拿到鐵盒後他立刻翻滾到安全的區域後爬起來，大口喘息，看著像是海葵一樣飄動著透明觸手。

畫面明明看起來也沒有多驚悚可怕，卻令人頭皮發麻。

賴文善再次把血珠射入觸手體內，利用同樣方式控制住它，但很快地旁邊就會冒出另外一條，趁他不注意的時候偷襲。

有些觸手停滯不動，有些觸手則是蠢蠢欲動。

賴文善稍微觀察它們的差異處之後，得出結論。

——看來它們是不同「本體」的觸手。

「液體」的優點就是變化度很大，所以這些條狀物才能分裂成這麼多條觸手，甚至能夠參雜侵蝕物體的溶液，傷害碰觸到的目標。

從周圍的擺設跟商品都沒有受到液體損害這點來看，它的體液僅限於侵蝕「活體生物」，對能力者來說是相當棘手、危險的敵人，但賴文善的能力也算是操控「液體」，在面對由「液體」形成的怪物面前，他的能力可以發揮出更強大的作用。

一滴血能染紅一攤水，他所製作出的血珠在射入條狀物體內後，也能迅速將它們染紅——如此一來他便能透過滲入體內的鮮血來限制住這些怪物。

雖然還不到能夠控制的程度，但光是能讓它們動彈不得，便已經足夠。

「液體」能夠擴散的範圍只有同個個體，可是從出現在賴文善面前的條狀物與觸手可行動的數量來看，藏在這層樓裡的怪物恐怕不只有一兩隻而已。

如果他們同時進攻，賴文善很難分辨出每個個體，這樣的話他想要利用血液滲透來控制住它們的攻擊方式就行不通。

眼前的條狀物越冒越多，就像是無止盡的繁衍——賴文善知道，自己若是不趁早離開這層樓的話，恐怕就再也出不去。

血珠的數量，追不上觸手增長的速度，賴文善急切地咬牙，不知道是因為傷口開始疼痛而冒汗，還是因為著急。

這幾條觸手的攻擊目標十分明顯是朝著他而來，如果他往樓梯口跑，那麼很有可能會把楊光捲進來，那麼他剩下的選擇就只有一個。

賴文善將鐵盒塞進口袋，靈巧地閃避觸手，奔向窗戶。

窗戶的玻璃早就已經碎裂，所以他能夠輕鬆跨上窗檯，而且那幾條觸手也如他所料，乖乖跟著他的方向伸長，像是要捕捉獵物。

「該死！」賴文善朝底下看了一眼，無奈苦笑。

為什麼這麼剛好，窗戶底下竟然是山丘邊緣的懸崖，論高度大約有五、六層樓高，從這裡跳下去的話，恐怕不光只是斷腿那麼簡單。

「楊光！你快從樓梯走，我會想辦法逃出去的！」

他大聲吼著，也不確定楊光是不是能聽到，但現在他也顧不得這麼多。

身材嬌小的他，很容易就能從窗戶跳下去，他做好心理準備，回頭看了一眼蠢蠢欲動的觸手們，牙一咬往下跳。

觸手集體往窗戶衝出去，想要追隨跳出去的賴文善。

當它們剛到達窗戶前的瞬間，突然靜止不動，而跳出去的賴文善也停在半空中，面目猙獰地盯著腳底下。

一秒，楊光整個人跳出窗外，抓住窗框、懸掛在牆壁上。

兩秒，他伸長手臂拉住賴文善，把人用力拉近自己。

三秒，看準路線後的楊光跳到懸掛在二樓的橫條招牌，用手臂捲住賴文善的腰。

最後，楊光剩餘的兩秒鐘時間，彎曲雙膝跳回地面。

停滯的時間再次開始流動，大量的觸手衝破三樓窗戶口並且卡死在那，噁心地扭動掙扎。

彷彿從夢中驚醒過來的賴文善，發現自己安然無恙地站在便利商店正門前的柏油路上，眨了眨眼。

「呼。」

楊光鬆口氣，看了一眼卡在三樓窗口的觸手後，緊緊把賴文善抱進懷中。

他的力氣大到像是要把人揉進身體裡一樣，差點讓賴文善窒息。

「別做那種危險的舉動，文善。我真的會被你嚇死。」

「我、我才被你嚇死。」賴文善慢半拍回過神，在感受到楊光的體溫後，才慢慢放鬆心情。

「你用了能力？」

「嗯，因為你把它的注意力吸走，我才能抓到機會。」

原本透明觸手的攻擊是亂無章法的，加上它甩出的體液具有腐蝕能力，所以楊光只能閃躲，無法進行攻擊，但後來觸手集中攻擊，這才讓他有辦法鑽出包圍網。

可是當他聽見賴文善大喊著要他走樓梯，而觸手們集中往窗戶衝過去的時候，他一瞬間明白賴文善在打什麼念頭，想也不想就衝過去找人。

幸好，他還來得及。

賴文善側頭靠在他懷裡，什麼也沒說，只是靜靜地抱住他。

「下次別再這樣做了。」

「……對不起。」

雖然知道楊光害怕失去他，但賴文善仍不覺得自己的作法有錯。

他知道從那高度跳下去，普通情況下肯定會沒命，不過他是有計畫，能確定自己「不會死」才這麼做。

等楊光冷靜點，再慢慢解釋吧。

至少他希望楊光不要誤會他是個打算白白送死的笨蛋。

Chapter 04 埋伏

「你不是說最多能停止六十秒嗎？」趁楊光仔細檢查自己身上的傷口，賴文善好奇地追問。

明明楊光說過能力變得比之前更強，就像是突然有種打破原本限制的感覺，但剛才他所停止的時間，很顯然跟以往沒有不同。

賴文善擔心楊光是不是出現什麼問題，於是等到兩人都安全了之後才開口。

替他綁繃帶的手頓了下，楊光抬起頭，無奈苦笑。

「我是說過，但是剛才那種怪物，不需要那樣做。」治療完賴文善的傷口後，楊光起身，小心翼翼地將他扶起，「我最多確實可以停止六十秒，不過我會視情況來判斷，沒必要的話就不會停那麼長時間。」

賴文善試著轉動腳踝，雖然傷口還有些刺痛、麻痺，但不影響走路。

而在聽到楊光的回答後，似乎能夠理解為什麼他會做出這種選擇。

確實——比起一口氣將時間暫停六十秒，依照情況來調整反而更加有利。簡單來說楊光現在可控制的秒數範圍變大，這樣的話他可以思考的行動方針，相對來說也會增加不少。

「那個怪物的身體有腐蝕能力，而且數量很多，就算我能停止時間，讓它暫時無法動彈，但如果我在移動的時候碰觸到它的話，還是會受到損傷。」

「所以你才會看準它集中攻擊我的時機，選擇使用能力？」

「對，以剛才的情況來說，那是最佳的時機點。」楊光摸摸賴文善的頭，勾起嘴角輕笑，「也多虧你反應夠快，做出正確的選擇，我才有辦法這樣做。」

賴文善皺眉盯著他，「我年紀比你大欸，你這樣摸我頭是不是不太對？」

「抱歉。」

楊光只是下意識這麼做，根本沒想太多，直到被賴文善提醒才回神。

他尷尬地收手，結果反過來被賴文善拉扯臉皮。

「你不能連續使用能力嗎？這樣你就可以停個五秒後，過個幾秒鐘再繼續停止時間。」

「嗯……這我平常就是這樣使用能力的。」楊光不敢甩開賴文善的手，就這樣任由他扯自己的臉頰，並乖巧地說明理由：「不過這需要很高的集中度，剛才我太過在意你的安全，沒辦法冷靜操控時間……」

「怪不得你老是不讓我跟你一起去便利商店。」

賴文善恍然大悟後，鬆開手，滿意地看著楊光紅通通的臉頰。

他對楊光的能力了解的並不多，但他可以理解為什麼「瘋帽」會如此執著於楊光。秦睿曾說過，瘋帽十分執著於能力的強弱，是個不折不扣的現實派，他們不需要弱小的能力者，只需要像楊光這樣強大的人。

能停滯時間的楊光，和可以操控血液的他，對瘋帽來說都是他們追求的目標人選，雖然現在瘋帽並不清楚他的能力是什麼，如果被對方知道的話，事情恐怕會變得更麻煩。

框啷啷。

玻璃碎片和建築物被破壞的聲音，從兩人頭頂方向傳來。

賴文善和楊光同時往三樓窗戶看過去，發現那些透明的觸手竟然想要硬擠出來，看起來就是不打算放過他們的意思。

「該走了。」楊光冷汗直冒，無奈苦笑。

賴文善也同樣覺得不妙，用力點頭。

反正想要的「道具」已經拿到手，沒有必要再跟那隻怪物周旋。

話說回來，他還沒有跟楊光提到那個鐵盒的事——

「楊……」

「那是什麼鬼東西！」

剛想要開口和楊光說話的賴文善，被面前傳來的大嗓音蓋過。

兩人停下腳步，厭煩地瞪著劉成樺一夥人。

這些傢伙怎麼還沒離開？該不會是在埋伏他們吧。

瘋帽的人數明明也不算多，卻派五個人過來，很顯然是不打算輕易放他們走。從這些傢伙沒有跟進便利商店，而是等他們出來的情況來看，他們的目的，應該是「道具」。

賴文善皺著眉頭，實在無法理解瘋帽究竟想幹什麼。

需要那樣「道具」的人明明只有「愛麗絲」，他們為什麼那麼執著地想要拿到手？這不合理。

「哇！觸手？天啊超噁心的。」

「沒見過那種怪物耶，竟然是透明的？」

其他人抬起頭觀察那隻掙扎著想要衝出來的怪物，不但沒有害怕，反而還不把它當回事，完全不擔心它會跑出來攻擊他們。

「喂，趕快把事情處理完閃人，這種鬼地方我一秒都不想待。」

劉成樺的同伴把手搭在他的肩膀上，原本還在嘲笑那隻怪物的人也在聽見對話後，轉頭走過來。

五個人就像人牆，阻斷他們離開的路線，活像是來討債的混混。

賴文善和楊光雖然沒說什麼，但是也沒給這幾個人好臉色看。

尤其是楊光。

「劉成樺……我不是說了叫你滾遠點？你是真的想被我打死是不是？」

平常笑臉迎人、態度客氣又溫柔的楊光，難得用這麼不客氣的態度跟人說話，這就表示他有多麼討厭這群人。

明明剛才在側門遇見時，他們還對自己唯唯諾諾的，現在卻突然壯膽說想要對他們出手，臉色也變得太快。

「你以為自己真能一口氣打贏我們五個？」劉成樺將鐵球棒放在肩膀上，不屑挑眉，「就算你是阿求看上的男人，我也不會手下留情。」

賴文善聽見「阿求」這兩個字，有些不安地抬起眼觀察楊光的反應。

果然，楊光的臉色變得很難看，氣憤與痛苦的情緒交雜，讓他握緊的拳頭發出嘎嘎聲響，指甲也陷入皮膚裡面。

賴文善輕輕地嘆口氣，握緊那隻傷痕累累、滲出鮮血的手，轉頭瞪著劉成樺。

劉成樺沒想到那個陰暗又瘦弱的男人會露出這種眼神，反而被嚇了一跳。

「你們真的有夠煩人，明明就叫你們滾蛋了，還賴著不走，如果你們真的那麼喜歡仗勢欺人，我就讓你們玩個夠。」

賴文善的銀色眼眸，似乎變得比平常還要亮許多。

他慢慢抬起手對準三樓窗戶，像是抓住什麼東西般握緊拳頭，接著用力往下一扯。

碰！

本來就因為觸手的掙扎而變得越來越脆弱的牆壁，在突如其來的強大衝擊力道下瞬間碎裂，水泥塊和觸手怪物一起掉下來，墜落在便利商店門口。

那五個人瞠目結舌地看著揚起的塵埃，還沒搞清楚發生什麼事，透明觸手就劃過煙霧，朝他們所有人撲過來。

「呃啊啊啊！」

「媽的！這東西怎麼會——」

「別說廢話了啦！還不快閃人！」

劉成樺一夥人頓時亂成一團，互相推擠、拚命想要逃離觸手的攻擊範圍。

當然，成為怪物攻擊目標的並不只有他們，賴文善仍是它們的首選。

楊光看到怪物墜落下來後才回過神，當劉成樺他們恐懼不已的時候，賴文善已經拉著他的手跳下柏油路面，抓準機會溜走。

「文、文善？這是怎麼回事？」

「那些怪物體內還殘留著我故意放進去的血，所以還在我的掌控範圍，只要稍微用點力氣，就可以輕鬆把它們從窗戶裡面拽出來。」

楊光聽完後張大嘴巴，不敢置信地看著賴文善。

他對能力的靈活運用方式，令人感到吃驚，甚至用得比他還好。

「你真厲害。」

「唔，也沒那麼強啦……」

賴文善不習慣被人稱讚，很不好意思地搵搵臉頰。

「總而言之，我們把瘋帽甩掉了。我可不想在那邊跟他們浪費時間。」

「他們的目的看起來不是攻擊我們。」楊光邊快步行走，邊思考劉成樺究竟為什麼要跑到這個地方來，「恐怕是想跟我們搶『道具』。」

排除攻擊他們的可能性，剩下來的就只有一種理由。

他們想要「愛麗絲的專屬道具」，所以才會在便利商店外面埋伏，而不是選擇跟著他們進去裡面冒險。

「對，我也是這樣想。」

「難道說他們誤以為我們有拿到道具？」

「呃……其實也不算是誤會。」

賴文善摳摳臉頰，尷尬一笑，從口袋裡拿出鐵盒。

看見他手中的東西，楊光瞪大眼，驚訝不已。

「文善，你什麼時候……」

「只是運氣好，我在被攻擊的時候發現的。」他邊說邊指著手背上的傷，「就是為了撿它，我這裡才會受傷。」

「……雖然能順利拿到它很好，但是你受了那麼多傷，我一點也高興不起來。」

楊光難過地停下腳步，把賴文善受傷的手拉到自己面前，溫柔地親吻。

賴文善知道他因為自己受傷而心情不好，可是他覺得這麼做很值得。

「沒關係，受傷的話反而對我有利。當時我找不到機會拿預備好的血出來，所以讓自己受傷，用流出來的血攻擊是最快的方法。」

「拜託你別用這種自殘的作戰方式。」

「這我沒辦法答應你。」

「賴文善！」

楊光氣得直接喊他的全名，但賴文善卻一臉無所謂地把手抽回來，輕輕聳肩。

「申宇民差不多要來接我們了，先趕快到會合地點去吧。」

知道賴文善是故意轉移話題，楊光雖然不高興，卻也只能乖乖聽話。

「我們回去再談。」

「好好好。」

賴文善敷衍地回答，反正他早就已經想好要怎麼哄這個傻男人。

不管有什麼生氣或不爽的事，只要好好做個愛，全部都會忘記。

看著賴文善不懷好意的偷笑，楊光似乎意識到他打算回去後用什麼方式哄騙自己，便用力握住他的手，堅定地對他說：「你別以為跟我上床我就會不追究。」

「嘖，還真會察言觀色啊你。」

「是你想法太單純。」

「那──就算我說要穿你之前說想看的那套衣服，也不行？」

賴文善忍不住偷笑，因為他看見楊光的臉跟耳朵瞬間紅到發燙，很顯然，他的誘惑戰術還是很有效果的。

看樣子回去後，他真的得把那套衣服從垃圾桶裡拿出來穿了。

／

黑色影子從牆角搖搖晃晃地擴散至牆壁，穿著一身黑衣的少年從影子裡走出來，沒有半點笑意的冷峻臉龐，沉默地掃視停車場空間，在發現沙發上躺著的人之後，那抹冰冷的眼神中，多出一絲溫柔。

「睿哥。」

「嗚哇！」

被突然冒出來的申宇民嚇到，躺在沙發上滑手機的秦睿下意識鬆開手，結果就這樣被手機狠狠砸中臉，痛不欲生。

申宇民沒想到秦睿反應會這麼大，反而有些不知所措。

「哥……沒事吧？」

即便是很少把情緒表現在臉上的申宇民，也忍不住因為這個畫面而笑出來。

秦睿不爽地瞪著他的笑臉，摸摸鼻子起身坐好。

「你為什麼會在這？這個時候不是應該去接楊光他們回來嗎？」

「嗯，沒錯。」申宇民邊笑邊歪頭，趴在沙發椅背上，伸手輕揉秦睿紅通通的鼻尖，「但我也有說過，我只給他們三十分鐘的時間，如果他們沒有準時到會合地點找我，就得靠自己回來。」

秦睿愣了半秒，當他理解申宇民說這句話是什麼意思後，氣憤地從沙發上跳起來。

「申宇民！開什麼玩笑？你居然把他們丟下不管！」

「說不需要人保護『愛麗絲』的人，不正是哥嗎？所以我也沒必要給他們特殊待遇。」申宇民撐起身體，將臉貼近秦睿，垂眼道：「而且我也不想對哥以外的人給予特別待遇。」

秦睿頭很痛，申宇民雖然平常很聽他的話，但偶爾也會出現這種不講理的情況，他對自己太過執著這點，真的是個十分棘手的問題。

「哥哥。」申宇民勾起嘴角輕笑，完全沒把他的抱怨聽進去，自顧自地說：「我的能力再過幾小時就要消失了，幫幫我吧？」

秦睿皺緊眉頭，看著眼前故意裝可愛，對他撒嬌的少年，沉重地嘆氣。

「你是為了找我啟動能力，才突然跑過來？」

「如果睿哥你允許的話，我是想要二十四小時都跟你待在一起。」

「不准。」

「呵。我知道哥會這樣回答，所以才沒有這樣做。」申宇民瞇起眼，收回掛在嘴邊的微笑，「但是哥，最好別把我逼得太急，就算是我也有脾氣的。」

瘋子。

秦睿不想承認，但申宇民確實就是個瘋子，而他就是被這個瘋子纏上的倒楣男人。雖然申宇民確實幫他不少忙，只要有他在，不但能夠隱藏他的能力，同時也可以不用擔心自己被人利用——正因為需要他，秦睿才總是放任申宇民的任性要求。

其中，就包含他強硬提出的「夥伴」要求。

申宇民才十七歲，對他來說太過年輕，為了控制住這個自我中心的怪物，他只好提出

「成年後才能做愛」的條件。

從這項交換條件成立的那天開始，申宇民完全把他當成自己的所有物，不准別人碰、也不准別人用奇怪的眼神看著他，凡是被他發現有人對他產生「欲望」，他會毫不猶豫殺死對方。

這就是瘋子申宇民，如野獸般，完全沒辦法靠項圈拴住的可怕少年。

「哥，睿哥。」申宇民用撒嬌的口吻，從背後抱住起身想要遠離他的秦睿，用臉頰磨蹭他的後頸，「親親我吧，哥哥，幫我口也好。或者你想像以前那樣看著我因為想要你想得不得了，而瘋狂打手槍的模樣。」

秦睿臉色鐵青，因為他感覺到屁股被硬梆梆的物體頂著。

更糟糕的是，申宇民明知道自己勃起，還故意扭腰磨蹭，甚至在他耳邊喘息。

「哈啊……睿哥，你的味道好好聞……」

秦睿對其他同伴都很友善，唯獨就對他這麼苛薄、無情。

申宇民雖然忌妒那些被他關心、保護的能力者，但也因為秦睿只會用這種冷漠的態度對待他而感到興奮不已。

也許他真的就像秦睿說的，是個有著變態喜好的瘋子，可是他就是沒辦法停下來。

「你真是夠了！給我停下來，不要把我當成樹幹蹭來蹭去的！」

秦睿受不了他的騷擾行為，握緊拳頭狠狠揍他的腦袋瓜，轉過身阻止他繼續把自己當成自衛道具。

他知道自己這樣做不正常，也很清楚申宇民對他所做的事情，只不過是因為被這個世界影響而產生的錯覺。

但，他並不是什麼都感覺不到的冷血動物，即便他知道申宇民腦袋有問題、個性糟糕透頂，卻還是忍不住因為他的追求而動心。

申宇民把臉埋進他的胸口，仰頭和他四目相交，就像是知道秦睿最喜歡他用這個角度和他對望似的，輕輕勾起嘴角。

「哥。」他的手始終環在秦睿的腰上，沒有鬆開過。

只有在這個人的面前，他才會露出符合年紀的模樣，為的就是討秦睿開心。

「跟我做吧哥，反正離我十八歲也沒剩多久。」

「就是這樣才更要忍不是嗎？」

「我已經忍得夠久，要不是因為哥說想要等我成年，我早在遇見哥那天就上了哥。」

「喂！我們的契約可不是那樣談的。」

「就算我毀掉約定也沒差吧，反正哥也喜歡我，會原諒我的。而且哥……你也知道如果沒有我幫忙，你根本就活不下去。」

秦睿用力推他的額頭，但申宇民的力氣卻大到讓他完全推不動，最後只能作罷。

申宇民說的話雖然令人生氣，卻也是事實，所以秦睿並不打算反駁。

「哥這麼聽話真好。」申宇民輕輕磨蹭他的胸膛。

秦睿扶額，仰頭無聲哀號。

雖然其他人都以為是他把申宇民吃得死死的，但實際上，被控制住並且無法反抗的人，是他。

「……雖然我可以再繼續照哥的意思，像個可愛的弟弟對你撒嬌，但現在不行。」申宇民突然抱住秦睿的大腿，把他整個人往上抬起來，大步走向擺在角落位置的床墊。

申宇民用力把秦睿扔在床上，爽快地脫掉自己的衣服。他的動作有些性感，充滿色氣，讓秦睿一時不知所措。

明明是個十七歲少年，卻有著強健的體魄，完全就是他的菜。

之前因為怕會忍不住對他出手，反過來把這個沒有經驗的少年吃掉，所以從來就不允許他在自己面前脫光，但現在看來，應該擔心的人是他才對。

「你、你那身材……」

「我知道哥喜歡壯一點的，所以我有特別鍛鍊。」申宇民脫完上衣後，開始替秦睿解開褲子，趁他還沒回過神，爽快地扯掉。

「呃！你手腳會不會太快？」

「因為我等這天已經等得太久，久到沒有辦法繼續保有餘裕。」申宇民伸舌舔唇，興奮不已地盯著秦睿的下半身看。

雖然已經不是第一次看見秦睿的裸體，但現在這樣更讓他興奮。

因為今天，他要進入這個男人的身體裡。

「給我等一下！」秦睿滿臉通紅推開申宇民的臉，氣急敗壞地問：「你今天到底吃錯什麼藥？突然違背諾言，跑過來說要抱我什麼的……發生什麼事了？」

中宇民透過指縫盯著秦睿，輕輕地抓住他的手，舔拭掌心。

秦睿渾身一顫，想把手抽回來，卻被中宇民緊抓著，怎麼樣都擺脫不掉。

「臭小鬼——」

「哥，對不起。我有點著急。」

「……所以我就問為什麼啊。」秦睿嘆口氣，一邊抬起腳踩著中宇民跨間硬挺的物體，一邊歪頭問：「嘖嘖，臭小鬼還真有精神。」

中宇民抖了下眉毛，咬牙強忍。

「哥，別鬧。」

他的眼神太過危險，嚇得秦睿僵住身體，慢慢把腳放下來。

中宇民看著秦睿的視線仍充滿著情欲，但他沒有再繼續用那強硬的態度逼秦睿就範，而是全身癱軟地倒進秦睿的懷裡。

「……我覺得這次的『愛麗絲』應該能找到『Original』。」

「那不是很好嗎？連你都這麼想，就表示成功機率真的很高。」

「但是，如果在我十八歲生日到來前找到『Original』，逃出這個世界的話……哥，你就不會跟我這樣的小鬼做了吧？」

聽見這番話，秦睿這才明白為什麼中宇民好端端地會突然這麼急切，甚至打算硬上。

確實就像中宇民所說的那樣，他確實有過這種打算，就算要成為不守信用的大人，他也不想傷害一直喜歡著他的申宇民。

他閉上眼，親吻申宇民的髮旋。

「你果然是個很聰明的孩子。」

「我不要！」申宇民猛然起身，壓在秦睿身上的他，皺緊眉頭，「哥，和我談戀愛，跟我交往吧！我喜歡哥。」

既然秦睿認為他是個孩子，那他就像個孩子般耍任性。

秦睿撇唇嘆息。

「你覺得耍賴給我看，我就會點頭說好？」

「不會。」申宇民果斷回答，「但哥，你很喜歡做愛的吧？」

看著眼前的少年調皮地瞇起眼，秦睿知道他不會善罷干休。

該怎麼辦才好呢？明明是不想傷害申宇民，才總是避開他，可是這個少年卻總跟在他的屁股後面跑，在遇見這個難纏的傢伙後，他就再也沒跟其他人做過。

如今，也算是有點忍到極限了。

「哈……你比我那些前男友還要纏人。」

「哥，我說過吧？」申宇民用力抓住秦睿的肩膀，狠狠地將指甲插入他的肌膚，「別在我面前想其他男人，這樣只會讓我不爽。」

秦睿冷汗直冒，他感覺到被申宇民抓住的地方滲出鮮血。

但是，比起疼痛感，他反而因為申宇民忌妒的表情興奮不已。

「你知道你現在的眼神有多麼讓人興奮嗎？」

秦睿撐起身體，主動靠近申宇民。

他並不是不懂申宇民著急與不安的原因，因為他也覺得賴文善和以往出現的「愛麗絲」不太一樣——就像是這個世界一直等待的，真正的「愛麗絲」。

如果他跟申宇民的直覺沒有錯，那麼賴文善現在已經順利拿到「鐵盒」，而這是以往的「愛麗絲」從未成功拿到過的道具，足以證明賴文善就是正確的「那個人」。

不再受限於這個詭譎的世界之後，他無法百分之百確定申宇民還會喜歡著他，而對申宇民來說，也是一樣的。

他們之間並不存在信任，只有對彼此的執著與控制欲，就像現在他打算用性愛來囚禁申宇民的心一樣，申宇民也急切地想要得到、佔有他。

申宇民垂眼看著秦睿的唇，心癢難耐地吻上去。

這段時間，不瞭解如何接吻、愛撫對方，甚至是怎麼跟男人做愛的他，如今已經在秦睿的指導下變得十分熟練。

雖然他不曾真正進入秦睿的身體裡，但除了插入之外的事都已經做過了。

「哥……睿哥……」

申宇民大口喘氣，嘴裡不斷喊著秦睿。

光是接吻就讓他的下半身硬到快要受不了，他只能像條發情的狗，在秦睿的身上磨蹭。

彼此裸著身體，肌膚緊緊相貼的感覺，讓他更容易能夠聞到秦睿的體味，也讓他變得越來越興奮。

秦睿被他蹭到有點痛，身體一顫一顫地，舒服到不由自主地發出呻吟。

「哈啊……好舒服……」

都聽見秦睿親口說這種話了，申宇民怎麼可能還忍得下去。

他抱住秦睿，將他的身體稍稍往上抬，用力地把陰莖往他的屁股擠過去。

發現申宇民打算不做前戲，直接插進來，嚇得秦睿急忙壓住他的肚子阻止。

「申宇民！你、你在做什……唔！」

他還來不及拒絕，申宇民就直接把陰莖插進他的屁股裡。

強烈的劇痛和炙熱感，讓秦睿差點喘不過氣來，明明不該立刻有感覺的身體，卻漸漸地因為插入體內的陰莖而感到舒服。

省略擴張，甚至不用擔心沒有潤滑劑的輔助，能夠輕輕鬆鬆接受異物的進入——這就是在這個世界裡享受性愛時的好處，卻也是糟糕透頂的事實。

這個世界會輔助所有能力者性交的過程，也就是說，待在這個地方的時間越長，身體就越容易做好準備，隨時都能做愛。

只是這樣並不是戀人之間的做愛方式。

「哥的裡面好軟，好舒服。」申宇民露出笑容，故意插得更深，在秦睿的耳邊低聲細語：「別這樣吸著我不放，哥，這樣我沒辦法動。」

秦睿被他近在耳邊的低沉嗓音嚇了一跳，下意識收緊屁股，這下真的把申宇民夾到差點沒罵髒話。

「……哥，說真的，拜託你放鬆。」

申宇民咬牙切齒地懇求，他的雞雞真的快被秦睿的屁股咬斷了。

這樣下去別說是拔出來，就連做愛都有困難。

秦睿用手臂遮住臉，耳尖紅到不行，連說話都有些結巴。

「不、不行……」

「哥？」

難得聽見秦睿用這麼脆弱的口氣說話，申宇民突然有些緊張。

他原本還以為秦睿是因為不舒服才這樣，但是又好像有點不像的樣子。

於是他勾動手指，控制床墊旁的陰影伸長過來，捆住秦睿的手腕，強行把他的手從臉上移開。

當他看見秦睿臉上的表情後，驚訝地瞪大眼。

秦睿雙眸含淚，緊咬著嘴唇在他身下顫抖，與其說他這副模樣很可憐，倒不如說容易讓人產生想要欺負他的衝動。

「好可愛……」

秦睿聽見他稱讚自己，冷冷地瞪過去。

申宇民有點被嚇到，不知所措地垂下頭。

「……鬆開。」

「嗯？」

「別控制影子抓住我的手。」

秦睿咬著牙，因為自己狼狽的模樣被申宇民看見而感到羞恥，卻仍放不下身為年長者的自尊心。

被小自己好幾歲的男人壓在身下就算了，還這樣毫無防備地任他宰割，害他覺得丟臉到不行。

申宇民看著態度強硬的秦睿，默不吭聲地盯著他勃起的部位，輕輕用指尖逗弄它。

「可是我看哥很興奮啊？難道說哥，你其實很喜歡這種玩法？」

「才沒——唔！」

申宇民用力握住他的陰莖，因為興奮而流出來的液體，沾黏在申宇民的手上，但他卻絲毫不在意地繼續上下套弄。

「哈、哈啊……別這、這樣做……」

秦睿因為舒服而下意識地扭動自己的腰，嘴巴雖然一直在拒絕，卻又貪婪地纏著申宇民不放，看著他用這種撫媚的姿勢向他撒嬌的模樣，只會讓申宇民感到興奮不已。

在磨蹭秦睿陰莖的時候，他的身體已經不自覺地慢慢放鬆下來，申宇民便趁機慢慢地開始抽插，很輕、很柔，就像是在對待易碎物品般。

秦睿不再那麼緊張，慢慢開始接受他的進出，這讓申宇民感覺到自己被他接受了。

他開心地像個孩子般露出笑容，一點一滴地將自己的吻落在秦睿的臉頰、脖子、鎖骨，最後張開口，用舌頭捲住那顆硬挺著，可口到讓他忍不住去舔舐的乳頭。

「唔嗯——」

秦睿忍不住挺起胸膛，被手指揉捏、舌尖捲弄的感覺，令他舒服不已，陰莖一顫顫地抖著，像是在要求申宇民更多地碰觸。

雙手被影子捲住，受到限制而無法動彈，他只能就這樣將自己脆弱又羞恥的部位展現在申宇民的面前。

申宇民的灼熱視線，和被他插入體內、完全填滿的感覺，讓秦睿知道自己跟這名少年之間的關係，已經產生變化。

他無法再繼續欺瞞，或是找其他藉口來說服自己。

打從初次相遇那天開始，他就都對這名執著的少年產生了欲望。

想要佔有，想要被他所愛，想要陷入那雙臂彎，永遠地待在他設下的保護網。

他知道自己的想法是不正常的，可是申宇民卻比他還要瘋狂。

「哥、哥……」

在感覺到秦睿不再抗拒自己進入他的身體後，申宇民抓住他的小腿，高舉起並強行打開，沉醉地看著被他插入的部位，眼神發狂地扭動自己的腰。

他知道怎麼做能讓秦睿感到舒服，也知道他喜歡自己快速磨蹭他的前列腺，直到高潮。

看著秦睿被他抽插後噴出來的姿態，申宇民舔著嘴唇，眼神充滿危險。

因高潮而瑟瑟顫抖著的秦睿，眼眸散發著光芒，並慢慢將視線往上。

申宇民就像是想把他吃乾抹淨的野獸，完全不打算放過他。

從那雙比他的瞳孔亮度還要暗一些的眼眸，他知道，申宇民還沒射出來。

「睿哥。」申宇民邊笑邊抬起他的腿，靠在健壯的肩膀上，「這次跟我一起高潮，別一個人偷跑。」

「哈……隨便你，反正我也逃不掉。」

秦睿嚥下口水，感覺到申宇民的陰莖在自己的屁股裡脹大。

他知道今天他的屁股肯定會被這個不懂節制的少年操到爛掉。

／

賴文善和楊光在森林裡走了很長一段時間。

因為手錶沒有反應、手機內的地圖APP也都正常運作，加上瘋帽的人也沒追上來，所以兩人很愜意地牽著手散步，當作是約會，並不是很在意。

直到他們覺得應該已經要走到申宇民所說的會合地點，卻始終沒有看見標的物時，才察覺事情不太對勁。

「我們離開便利商店後過多久了？」

「應該有十分鐘。」楊光低頭看手錶確認時間，「照道理來說應該沒那麼遠才對，還是說我們搞錯方向？」

「這裡也沒有說多複雜，我想應該不至於。」

「那為什麼……」

楊光皺著眉頭思考，下意識握緊牽著賴文善的手，深怕把人搞丟。

賴文善觀察周圍，然後撿起石頭，在旁邊的樹幹刮下標記，再轉頭對楊光說：「我們繼續往前走。」

楊光看到賴文善做的事情後，立刻就能理解他在想什麼，點點頭。

幾分鐘後，賴文善嚇一跳，並馬上停下來

「……楊光。」

「嗯，我看到了。」

出現在兩人眼前的，是不久前賴文善做記號的那棵樹。

這個事實讓他們明白，他們沒有辦法離開樹林。

「有人暗中在干擾我們，不讓我們離開？」

直覺告訴楊光，可能有人正在觀察他們。

賴文善被這個世界裡的怪物們盯上，所以除這個理由之外，沒有別的可能性。

「與其說不讓我們走出去，倒不如說像是在拖延時間。」賴文善嘆口氣，指著楊光的手錶說：「現在應該已經超過跟申宇民約好的時間了吧？」

「申宇民肯定不會等我們。」

「沒錯，故意搞我們的人肯定知道會變成這樣。」賴文善說完後，歪頭道：「但我不覺得干擾我們的人是怪物，因為你的手錶不可能沒有反應。」

怪物想要攻擊他們，就必須出現在目標附近，所以手錶一定會發出警告，不可能像現在這樣那麼安靜。

如果說瘋帽那群人出現在那間便利商店，並不是巧合而是刻意的話，那麼跑來找他們麻煩的能力者，可能不止他們。

「你知道有哪個能力者有辦法做到這種事嗎？」

他不熟悉其他能力者，所以只能靠經驗比他老道的楊光。

楊光皺眉思考，「我是有想到幾個人，不過如果是符合條件的人選嘛……」

「是瘋帽？」

「對，但那傢伙向來不會單獨行動。他們那幾個人是專門圍捕剛踏入這個世界，還搞不清楚狀況的新手，並且強制啟動他們能力的獵人。」

聽到楊光這麼說，賴文善的眼神立刻變得很可怕。

楊光說的那些人，就是秦睿之前特地跟他提起過，要他小心的那群人渣。

本來在聽見楊光的過去以及這些人的所作所為後，他就已經不爽到想要直接殺過去討公道，沒想到竟然會這麼快就讓他逮到機會。

「意思是，我們現在正在被那些人圍捕？」

「嗯……大概吧，但他們通常不會找能力者麻煩……看樣子是故意的。」

楊光邊說邊擔心地盯著賴文善，因為他的眼神有點可怕。

「文善，你還好嗎？」

「好得很。」賴文善從包包裡拿出裝著鮮血的玻璃試管，用力摔在地上。

閃閃發亮的銀色瞳孔，操控著腳邊的鮮血，如同對血敏感的怪物，從附近的樹幹後面嗅到鮮血的氣味。

他勾起嘴角，手指輕輕一抖，鮮血立刻化為針刺將那根樹幹插成刺蝟。

「嗚哇啊啊啊！」

一個男人踉蹌地從樹叢裡摔出來，被賴文善的攻擊嚇得不輕。

楊光也沒閒著，把這個男人從地上拎起來，冷冰冰地瞪著那張蒼白的臉。

「好久不見，蔣煜。果然是你搞的鬼。」

「嘖！該死的，還不快點放開我！」

「你先把能力收起來再說。」

「哈，我怎麼可能做那種傻事？」

楊光冷眼看著他不以為然的態度，握緊拳頭，狠狠重擊這個男人的腹部。

對方當場乾嘔，只能跪在地上大口喘息，還沒來得及把頭抬起來，楊光就抬起腿狠狠往他的臉頰踹下去。

鮮血從男人的嘴裡噴出來，腦袋瞬間暈眩，差點失去意識，然而他卻沒有真的昏過去，而是突然伸出手抓住楊光的褲子。

「別小看人！臭小鬼。」

說完，他從口袋裡拿出一罐液體，朝楊光的身上灑過去。

當楊光意識到那是什麼東西，想要避開的時候，已經來不及了。

他下意識閉上眼，結果卻什麼也沒感覺到。

重新撐開眼皮的楊光，看見灑向他的液體飄在半空中，接著迅速下墜，灑在地上。

賴文善冷著臉抬起手，很顯然阻止液體弄髒楊光的人，就是他。

「搞、搞什麼？怎麼會……」

蔣煜嚇了一跳，因為沒想到事情會變成這樣，慌張地不知道該如何是好。

賴文善沉下臉，冷冰冰地對他說：「把血灑在別人身上，看來是你似乎是在計劃什麼危險的事。只可惜這對我們不管用。」

雖然不清楚理由，但這個叫做蔣煜的男人會做出這種行為，就表示有能力者必須透過這樣做才能使用能力。

他們的能力都存在於某種制約，就像他只能存在於非生命體內的鮮血，「灑血」的行為應該也是類似於如此。

那麼，他就不可能讓那骯髒的東西碰到楊光。

楊光冷汗直冒，因為他知道這是誰的血。

「在我過去把你拖過來之前，給我自己滾出來。」

在楊光的威脅下，一個男人慢慢從樹林裡走出來。

賴文善嚇了一跳，因為這個男人長得很漂亮，有那麼一瞬間，他把這個人錯看成女孩子，但這個世界沒有女人，所以對方百分之百是男的。

他抬起發亮的撫媚眼眸，看著賴文善和楊光，勾起嘴唇，冷靜面對臉色發青的楊光，並用那悅耳的聲音向他打招呼。

「好久不見，楊光。」

楊光瞇起眼，充滿敵意地瞪著男人。

他對於這次的再會，完全感覺不到任何喜悅，只有憤怒。

可以的話，他真的不希望賴文善跟對方碰面。

——因為這個人就是讓他抗拒這個世界，痛苦到想要去死的罪魁禍首。

Chapter 05 傷痕

楊光墜入這個世界時，並不是一個人。

他和同樣在山裡迷路的朋友們，在不知不覺間進入這片樹林，然後就再也沒辦法走出去，原本他們以為只要花點時間就能順利下山，但是，卻遇見了那些被稱為「A」的怪物。

那時，他們才明白自己誤入的世界，是個什麼樣的地方。

整整三天的時間，陷入未知恐懼的他們，靠著那些奇怪的便利商店裡所存放的物資過活，可是運氣不好，在某次行動中他們遇見了其他怪物。

狼狽逃命，想盡辦法活下去的他們，從原本的五個人變成了三人行。

親眼看見朋友被怪物獵殺而死去，讓存活下來的他們精神開始變得不正常，楊光雖然也想努力保持冷靜、理智的態度來面對，可是當死亡的結局擺在眼前時，即便有再堅強的意志力，也會瞬間瓦解。

就在這個時候，他們三個人遇見了瘋帽陣營的成員。

一開始他們還因為見到人類而感到喜悅，但他們很快就發現，這些人跟怪物一樣將他們視為獵物。

他們用奇怪的能力捕捉他人並將人麻痺，在恐懼與垂死中掙扎的他們，被迫在眾目睽睽之下與沈業求發生關係。

那是楊光第一次進入男人的身體裡，他不懂，明明只有和女性談過戀愛的他，為什麼會對男人的身體產生欲望。

伴隨著痛苦與屈辱之下，楊光的眼眸閃爍著金光，並且第一次感受存在於體內的能力——他的能力，就在這種糟糕透頂的情況下被人強制啟動。

他另外兩個朋友啟動的能力，並不算強，可是他卻不同。

在啟動能力後，沈業求的其他同伴突然開始攻擊他跟他的朋友，當時他並不知道那是打算逼迫他們使用能力，好確認他們所持有什麼樣的力量而使用的計謀。

事情發生得太快，完全沒有給他們三個人思考的空間，他們就這樣糊里糊塗地使用了自己的能力反擊並閃避攻擊。

然而，這些人都很強，對於剛啟動能力、對這一切都還很陌生的他們來說，根本就打不過。

站在一旁觀察他們三個人能力的沈業求，並沒有讓他的同伴殺掉他們三個人，因為他對楊光的能力非常滿意。

於是，他向楊光提出了邀請。

加入瘋帽成為他們的同伴，或者是現在被他們殺死。

這根本就不是請求，而是命令。

別無選擇的楊光，看著傷痕累累的朋友們，做出令自己後悔萬分的決定。

從這天開始，他和朋友們成為瘋帽的成員。

啟動能力之後，那些關於這個世界的基本知識，以及自己能力的使用方法和強度等，全部都像是早就已經存放在腦袋裡的資料，一口氣全部灌入。

這種無縫接軌的感覺很糟糕，但卻在某種程度上讓他更容易能夠適應這個世界，找出生存的方式。

他跟朋友們的手機被瘋帽的人強制拿走，無處可去的他們，像條狗一樣被瘋帽的首領呼來喚去，而沈業求也常常藉由啟動能力作為藉口，強制要求跟他發生關係。

一開始，楊光仍十分抗拒，但漸漸地他就麻痺了。

這個世界就像是為了讓男人性交而存在，不顧自身意願，只要有需求，就算是像他這種只喜歡過女孩子的男人，也會因為男人的身體而產生欲望。

看著另外兩個朋友們的墮落，楊光發現自己的精神變得越來越虛弱，他在「原本的自己」和「現在的自己」之間不斷徘徊，最終放棄思考。

想死的念頭，從累積起來的痛苦中慢慢冒出來，楊光覺得這樣的自己變得很可怕，卻又沒辦法放棄那些悲觀的念頭。

然而壓倒他的最後一根稻草，是朋友們的死亡，這時他才意識到，有著能夠操控時間能力的他，想要逃離瘋帽根本不是什麼困難的事。

他並不是因為被威脅，或是想要尋求庇護，才跟沈業求這群人待在一起，而是因為他的朋友們不願離開。

這瞬間，楊光理解了一件事。

明明朋友們的能力不強，但沈業求卻仍把他們三個人一起拉入夥的原因，是因為他知道那兩個人足以成為囚禁他的項圈。

所以只要他的朋友們還待在瘋帽，楊光就不會主動離開。

比起控制楊光，從他們那兩個單純好控制的朋友們下手更加簡單，沈業求便是看穿了這點，才會破例讓能力不強的另外兩人加入瘋帽。

直到朋友們的死亡，楊光才終於明白沈業求的計畫。

但這一切，已經太遲。

楊光永遠都不可能原諒沈業求，也無法原諒如此愚鈍的自己。

再次出現在眼前的沈業求，讓他恨到想要當場殺了這個混帳，憤怒讓他的腦袋一片空白，握緊成拳頭的手也在顫抖。

賴文善觀察楊光的表情，與那個看起來性欲旺盛的男人的臉之後，爽快地問：「你這傢伙就是沈業求？」

沒想到賴文善竟然會知道這個名字，楊光因為太過錯愕而回神，緊張地轉頭看著賴文善，但賴文善卻一臉平靜。

沈業求笑彎雙眸，沒有回答他的問題，就像是收到他給的暗示，四名男人各自從周圍的樹林裡走出來，瞬間將他們包圍。

趁亂連滾帶爬逃回沈業求身旁的蔣煜，說什麼也不敢再靠近那兩個人，再說，他不認為這兩個人有辦法從他們這群人手中安然無恙地逃走。

再過不久，被派去便利商店的同伴也會過來會合，以人數來說，他們完全佔上風，就算能力再強也不可能一口氣解決掉他們所有人。

可是，為什麼楊光和賴文善的臉上並沒有露出害怕的表情，反而更加沉穩。

蔣煜瑟瑟顫抖，總覺得情況有點不太對勁，但又說不出原因。

楊光觀察這四個陌生面孔，看來應該是在他離開後重新招進來的新人，瘋帽的人數本來就不多，包括在便利商店前遇到的劉成樺等人加起來，少說也有一半以上的陣營人數。

可想而知，他們是有計畫的，而非臨時起意。

他不清楚那四個人的能力，所以不敢輕舉妄動，可是賴文善不同。

對他來說，根本就不需要費力去確認對方的能力是什麼，因為他有更快的解決辦法。

見沈業求不但沒有回答他的問題，還把同伴叫過來，很顯然是懶得溝通，那麼他也不用客氣。

他抬起手指的瞬間，那四名男人各自展現能力朝他們衝過來，但是他們根本就來不及碰到賴文善和楊光。

那攤撒在地上的鮮血，在這群人接近後濺起，這些人知道那是沈業求的血，便有意識地閃避開來，但飛濺起來的鮮血卻彷彿擁有自我意識，緊緊跟隨後「啪」地一聲落在他們的臉頰。

四個男人臉色大變，身體瞬間癱軟倒地，痛苦地蠕動著。

沈業求看了一眼這些沒用的男人，噗哧一聲笑出來。

「我很中意你的能力。」

「所以你要像對待楊光那樣，強迫我加入瘋帽？」

楊光聽到賴文善說的話之後，驚恐萬分。

賴文善已經知道他那骯髒的過去了？為什麼？到底是什麼時候——

不斷回想所有可能性的楊光，最終想起賴文善曾與秦睿私下見面的事。是秦睿把他跟瘋帽之間的事情告訴賴文善的，除他之外沒有別的可能性。

「文善……」

賴文善轉眼盯著楊光難受的表情，微微一笑。

隨即他收起笑容，繼續直視沈業求。

「你的能力是麻痺吧，只要碰觸到你的鮮血，就能讓人瞬間無法動彈。」

「呵，這樣看來你是我的剋星呢，但如果你跟我合作的話，反過來會成為彼此最佳的搭檔。」

「我的搭檔只有楊光一個人，還有，你不是我的菜。」

沈業求大笑，「不是你的菜？那又怎樣，難不成你還想在這種鬼地方找男朋友？」

「秦睿說過你就是個無可救藥的瘋子，我當時還沒什麼想法，但在實際跟你交談後，我覺得你不是個瘋子。」賴文善沉下臉，「你這種傢伙，根本不是人。」

沈業求沒有任何攻擊手段，所以他必須靠其他人輔助才有辦法運用能力。

現在他的身邊只有蔣煜，因此賴文善根本就不擔心他會造成什麼樣的危險。

「你們的目的是拿『愛麗絲』的道具，還有再次綁架楊光吧？」賴文善冷冷瞥了一眼恐懼萬分的蔣煜，「讓這傢伙製造出迷宮迴圈，再趁機會把鮮血灑在我們兩個人身上，因為陣營之間的規矩是不能對『愛麗絲』出手，所以你們才會想到把楊光麻痺後綁架，我就會乖乖加入瘋帽。」

賴文善將瘋帽的計畫一口氣敘述完畢後，壓低聲音，十分不爽。

「這種威脅手段，是你們慣用的操作方式，不是嗎？」

就像他們利用楊光的朋友來牽制楊光，他們這次打算反過來將楊光當成控制他的工具人。

一切，都在秦睿的預料之中。

不得不承認，秦睿真的厲害到讓人畏懼的地步，他早料到瘋帽會有什麼樣的行動，於是事先將他需要的情報告訴他。

若不是知道沈業求的能力是利用血液麻痺他人，他也不可能在楊光被不明液體潑灑的瞬間，發動能力阻止。

「如果你想等在便利商店的同伴，我勸你還是放棄。」

「……啊？什麼意思。」

沈業求不滿地垮下嘴角，為什麼賴文善看上去好像有讀心能力一樣，讓人很不舒服。

「他們大概還在想辦法擺脫怪物，所以你想都不用想，他們不會趕過來幫忙。」賴文善抬起腳，狠狠踩在麻痺倒地的男人臉上，「你現在沒有任何能夠對付得了我們的手段，趁我想跟你好好溝通的時候，趕快解除能力放我們走，再拖下去，我可就沒辦法保證自己還能好好溝通。」

楊光突然覺得賴文善好帥，雖然他臉色很難看地威脅別人，但在他眼中卻帥氣到不行。

不久前還擺出痛苦表情的楊光，如今眼裡只剩下賴文善的身影，那些糟糕的念頭和因為見到沈業求而燃起的怒火，全都消散不見。

賴文善知道楊光正用閃閃發光的眼神盯著自己看，雖然有點渾身不自在，但他也只能盡可能無視，要不然真的會因為他那傻里傻氣的表情逗笑。

面對掌握者主權的賴文善，沈業求別無選擇。

「放他們走。」

他咬牙切齒，用殺人的目光瞪著賴文善，向身旁的蔣煜下達指令。

蔣煜很緊張地看著沈業求震怒的側臉，摸摸鼻子，冷汗直冒。

賴文善可以感覺得出來，樹林的壓迫感沒有之前那般沉重，就好像是沉入水底，好不容易拚命游出水面的感覺，突然覺得心情很輕鬆自在。

他拿出手機，確認地圖功能恢復正常，並且能夠明確標示出玩家位置後，才確定蔣煜確實已經乖乖解除能力。

這樣一想，蔣煜的能力確實很誇張，不但能夠製造迴圈把人困在某個範圍之中，還能阻礙手機APP的地圖，讓顯示玩家的功能失常。

無法否認，瘋帽的人確實有著卓越的能力，只可惜淪為沈業求那種心術不正的人手中的棋子。

看在沈業求打算收手的份上，賴文善沒有再繼續做些什麼，反正他們只要井水不犯河水，各過各的、互不相干就好。

他轉身走向楊光，牽起他的手，並故意在沈業求和蔣煜的面前十指交扣，表現出兩人很親密的樣子。

「文、文善……」

「別發呆了，還不快點跟我走。」

他將楊光拉走，還故意在經過沈業求身邊時，嗤聲嘲笑。

理所當然，他的行為讓沈業求臉色鐵青，十分火大，但是他卻仍然只是站在原地，連頭也不轉，就這樣放任他們離開。

走遠後，楊光才小心翼翼問他：「你、你是不是有點做過頭了？」

賴文善一臉嫌棄地反問：「你居然還覺得那種人可憐？」

「不，不是的。我只是怕你會被他報復。」

「我可是『愛麗絲』喔？他如果真的想對我下手，其他陣營絕對不會善罷干休，那種人不可能會做對自己不利的事。」

「……文善你現在，真的跟我剛認識你的時候差好多喔。」

「你在說什麼？我一直都沒變啊？」

「你一開始明明還會因為不小心被我發現自己的性向而感到緊張，每次見到怪物的時候都會跑來依賴我……可是自從你啟動能力之後，你好像就變得更帥氣，總是游刃有餘的樣子……」

楊光一股腦地把自己壓在心底的話全部說出來。

賴文善不解挑眉，「強迫啟動我的能力的人，不是你嗎？」

「呃，我真的很抱歉。」

賴文善垂頭嘆氣，「哈啊……不是，我沒有抱怨的意思。」

「但文善你說的是事實，我沒辦法否定。」

「是事實又怎樣？我又沒有抱怨你對我出手，倒不如說幸好你有幫我啟動能力，我之前說過吧？我不喜歡單方面接受別人的保護，所以現在這樣正合我意。」

他抬起頭看著楊光刻意迴避他的視線的反應，苦笑道：「還有啊，我既不帥氣，長得也沒你好看，還是個個性很糟糕的傢伙，即便是現在，我也還是覺得這一切都麻煩到不行，還不如像之前那樣過著自在的兩人生活。但是，就算我心裡很想這麼做，現實也不允許。」

能讓像他這種超級討厭麻煩的傢伙，認真去面對眼前這些該死的危機，原因只有一個——那就是楊光。

他無法不去在意秦睿跟他說過的事，也沒辦法放任心裡受到傷害的楊光不管，所以他才會總是做些自己平常絕對不會做的事。

例如像那樣和別人吵架，或是威脅別人，全都不是他會做的。

賴文善的人生中一直沒有過處於優勢的情況，他總是羨慕別人的運氣比自己好，或者不用工作、可以躺著賺錢那種生活。

連統一發票都不曾中獎過的賴文善，本來就對於生活沒有任何的期待，就連自己只喜歡男人這種事也是。

他不覺得會有人喜歡上這樣的自己，所以一夜情或砲友的關係對他來說剛剛好，不用有壓力、也不用對任何人負責，他只需要單純地「活著」就好。

可是，楊光不一樣。

他心疼著因為這個世界的影響而變得渴望死亡的楊光，所以他想幫助楊光，讓他能夠逃離這個糟糕透頂的世界。

儘管只是如此簡單的理由，但對他來說就已經十分足夠。

「楊光，我會帶你離開這裡。」

楊光的臉頰微微泛紅，彎起眼角微笑的他，特別好看。

賴文善輕掐他的鼻尖之後，慢慢把手指挪動到他的嘴唇上，輕輕揉捏。

他可愛的行為讓楊光忍不住噗哧一聲笑出來，抓住那隻不知道是在摸，還是在故意挑逗他的手，溫柔地親吻掌心。

賴文善像是觸電般抖了一下之後，撇著嘴巴說：「總、總而言之，你不用擔心那些有的沒的，聽見沒？」

「嗯，知道了。」

楊光的身旁開出許多小花，本來就很帥氣的他，現在看起來更加耀眼。

說真的，每次他擺出這種表情，都會讓賴文善忍不住想要狠狠疼愛這個人。

「咳咳，我來看看現在該怎麼辦……」

賴文善看了看四周圍，拿出手機確認附近的地圖和玩家位置。

正當他考慮該怎麼回去臨時住處的時候，眼角餘光注意到聳立在樹林之中的建築物。

那棟建築大概有三層樓高，從外表看起來有點像是一般民宅。

透過地圖確認過附近沒有其他玩家後，賴文善便打算先到那裡去休息，順便聯絡秦睿。

他知道申宇民肯定懶得管他們的死活，但秦睿如果沒有看到楊光平安回去的話，肯定會擔心。

如果想拜託申宇民再次過來接送，最好就是待在明顯又安全的位置，免得那個壞脾氣的少年會因為不耐煩而找他們麻煩。

「我們先去那邊休息，可以吧？」

「嗯，我也想早點跟文善獨處。」

「你……話先說在前面，我沒有要做的意思。」

「別這樣說嘛，我想跟文善親熱。」

楊光從背後摟住賴文善，還故意把全身的重量壓在他身上，就像是個賴皮的小孩子，甚至故意用鼻尖磨蹭他的後頸。

賴文善不覺得心動，只覺得煩。

兩人邊打鬧邊吵嘴地來到那棟建築物附近，遠看的時候還沒有什麼想法，直到縮短距離後，賴文善才發現這裡並不是什麼一般民宅。

「文善，上面寫是汽車旅館耶。」

楊光一臉開心地指著招牌，賴文善倒是已經氣到眼角抽搐。

因為這棟建築物上的招牌，就這樣大剌剌地寫著「汽車旅館」四個字，而且他剛才看到的三層樓高建築，還只是入口。

這間汽車旅館正門有車道跟柵欄，旁邊有著很亮的裝飾燈，從門口看進去裡面有個很大的噴水池，而建築物就像是圍繞著這個噴水池建造。

內部空間不大，所以房間數也沒有很多，從門口就可以看見盡頭。

「我從來沒去過汽車旅館。」

楊光興奮地說。

賴文善倒是一臉無奈地苦笑。他實在不敢老實說，因為做愛很方便的關係，自己很常去汽車旅館或是商務旅館這些地方。

他像是想要逃避般地拿出手機，確認裡面沒有能力者，才安心跟楊光一起進去裡面。楊光興致很高昂地挑了間空房，好不容易開門進去後的賴文善，累到坐在沙發上休息，看著楊光在房間裡跑來跑去。

「居然有這麼大的按摩浴缸？還有撞球桌？欸！文善，這該不會是卡啦OK吧？」

賴文善也沒想到裡面竟然會是有著娛樂設備的房間，不過這樣也好，至少楊光就不會老纏著他說要做愛。

「嗯，你有興趣就去玩，我晚點再去陪你。」

他用敷衍的口氣回答楊光，忙著傳訊息給秦睿，沒想到楊光卻突然安靜下來，快步朝他走過去，並一口氣把他從沙發上抱起來。

「哇！你、你幹嘛？」

「好不容易找到這麼有趣的地方，你就別在那裡一個人忙東忙西的。」

「笨蛋，我是要跟秦睿聯絡。」

「那你就更不用擔心，申宇民沒把我們帶回去，秦睿肯定會揪著他過來找我們。」

「這樣的話直接告訴他我們的位置，不是更快？」

「秦睿肯定會要我們趕快回去躲好，這樣我們的約會不就泡湯了嗎。」

「喂，你是不是忘記不久前我們才遇到瘋帽？就算你不想讓秦睿這麼早來找我們，也得先把這件事情告訴他吧。」

楊光扁著嘴，從自己的口袋裡拿出手機，飛快地單手輸入訊息後，拿起賴文善的手機，連同自己的一起扔在沙發上。

「我剛剛傳訊息給秦睿了，這樣可以吧？」

「……你到底傳了什麼樣的內容？」

「好了啦！你別在意，現在就不能先陪陪我嗎？」楊光故意把臉頰貼在賴文善的胸前，撒嬌道：「我真的覺得好煩躁……本來想說一輩子都不會再見到那個混帳的說……」

聽到楊光這樣說，賴文善就算再固執也沒辦法繼續堅持己見。

即便他知道楊光是故意的，但他就是沒辦法推開擁抱他的這雙手臂。

如果和他在一起，能夠稍微撫平楊光內心的傷痕，那麼不管要他做什麼都可以。

「知道了。」最後，舉雙手投降的賴文善，總算鬆口同意。

他無奈地撫摸楊光的臉頰，看著他側頭靠著自己的掌心，撒嬌似的磨蹭後，露出笑容。

「先從撞球檯開始玩起吧。」

「咦——文善，你會打撞球？」

賴文善被他問得很不爽，額冒青筋，怒道：「別小看我，我會好不好？來比一場你就知道我有多厲害。」

「既然如此，那就來賭點什麼吧？」

「……玩這麼大？」

「這樣比較有趣嘛，而且我也有可能會贏。」

「呵！賭就賭，你到時候可別後悔。」

別的運動他不敢說，但像撞球這類，他可是很有拿高分的自信。

一邊想著要提出什麼賭注的賴文善，一邊不懷好意地勾起嘴角。

然而這時的他，根本就沒料到結局會跟他想的完全不同。

／

幾個小時候，申宇民來到汽車旅館接兩個玩瘋的傻瓜回去。

楊光剛開始雖然說很想要和賴文善親熱，但是經過第一場撞球賽之後，整個玩開，不知不覺就玩到申宇民來為止。

當然，申宇民看到這兩個人汗流浹背，拿著球拍互懟的模樣後，立刻露出厭惡的表情，甚至直接當著兩人的面咂嘴。

「早知道你們玩得這麼愉快，我就不來了。」

申宇民說這句話的時候，臉上完全沒有半點笑容，語氣也是冷冰冰的。

很顯然，他根本就不想過來這裡。

楊光和賴文善雖然很無辜，但他們不敢說什麼，畢竟申宇民是特地過來接他們的，要是再亂抱怨，下次就沒機會再搭他的順風車。

這對懶得走路的賴文善來說，是一大損失。

中宇民利用操控影子的能力，將兩人帶到安全地點，可是這裡並不是「睡鼠」陣營的停車場，也不是之前秦睿替他們準備的安全屋，而是完全陌生的空間。

賴文善第一次來這裡，有點被嚇到，不過很快他就聽見楊光用驚訝的聲音詢問中宇民：「你為什麼把我們帶到智蟲的據點？」

中宇民很討厭非陣營成員踏入據點的建築，甚至連接近這附近一公里範圍內的人都會被陣營成員驅趕。楊光也是之前跟著秦睿的時候，來過一次而已。

他並不是因為記憶特別好，才能一眼認出這裡就是智蟲的據點，而是根據兩個要素。第一，牆壁上用螢光噴漆畫著特殊符號；第二，他的手錶震動了。

智蟲陣營基本也是實力至上主義者，所以他們內部對於強弱階級區分得特別明顯，雖說會團隊行動，但是只要你不夠強大、在團隊行動中死亡，是不會有任何人伸出援手的。

他們追求力量的強大，所以反而是所有陣營中對於離開這個地方，最沒有欲望的一個陣營，最讓人不能理解的是，他們甚至還會獵捕怪物並囚禁，所以他的手錶才會有反應。

螢光噴漆是代表著他們陣營的強大，所留下的標記，至於他們豢養怪物的原因，就不得而知了。

中宇民聽見楊光的質問，只是冷冷掃視他的臉龐。

「你們不是說被瘋帽埋伏？睿哥說要先跟你們問清楚詳細過程，所以我才會帶你們過來這裡，而不是直接送你們回住處。」

「秦睿？他怎麼會在這？」

「哈……楊光哥，睿哥是我的搭檔，他在我這裡本來就是理所當然的事。」

申宇民煩躁地撩起瀏海，看得出來他不願意再解釋下去，於是賴文善和楊光對看後決定先乖乖跟他走，反正跟秦睿見面才是最重要的。

他們跟著申宇民來到頂樓的高級套房，這裡是他的個人專屬空間，由於申宇民很討厭被人打擾，所以基本上其他成員都不會接近。

「睿哥，我回來了。」

申宇民迅速移動到沙發位置，看起來是想要往人身上撲過去，但是卻被對方伸手推開。

秦睿從沙發爬起來，慵懶地掛在椅背上打招呼。

「過來吧。」

他尷尬苦笑，是因為知道自己現在有多狼狽，尤其是看到楊光一臉震驚地盯著自己的表情後，更是無奈。

楊光此刻心裡肯定在想，他究竟在搞些什麼吧——畢竟他一直以來都堅守底線，沒有完全接受申宇民，而是跟他保持著安全距離。

當然，他的猜測跟楊光不謀而合。

「秦睿，你……」

「求你了，什麼也別說。」

楊光扶額嘆氣，至於不清楚這三個人之間關係的賴文善，則是毫不在意地走到旁邊的沙發坐下。

秦睿穿著不合身的鬆垮上衣，雖然長度夠遮住屁股，但還是有穿上內褲確保不會太過曝露，只不過，在他肌膚上那些明顯的紅印，卻讓人不得不去在意。

「抱歉啊，這麼亂糟糟的。」

可能是現在穿著比較樸素，和以往差很多，所以賴文善突然覺得秦睿變得有種親切感。

「沒事，我可以理解。」

光是看到他這副姿態，就大概可以知道申宇民到底對他做過什麼。

秦睿艱辛地盤腿，不太高興地盯著賴文善和善的表情看。

總覺得自己好像被他嘲笑了。

「你現在這樣看起來比較和善。」

「喂，你是對我的流行穿搭有什麼意見？」

「雖然我不是很懂流行，但你之前的穿搭方式，很難讓人喜歡。」

「既然如此，申宇民這臭小子怎麼還黏著我不放？」

秦睿不快地咂嘴，低聲抱怨。

雖然跑去泡茶的申宇民沒聽見，剛坐下的楊光也沒留意到，但賴文善倒是聽得很清楚。

原來秦睿會做那種像是搖滾樂團的打扮，是為了讓申宇民討厭。
只可惜從結果來看，並沒有達到他原本預期的效果。
「如果是真的喜歡的話，不管你打扮成什麼樣子，對方都不會動搖吧。」
脫口而出的，是站在第三者角度去說的場面話，沒想到卻反而讓秦睿的臉紅到不行，甚至還讓剛端著茶走過來的申宇民產生誤會。
瞬間，申宇民看賴文善的眼神完全就是想要把他碎屍萬段的樣子。
賴文善冷汗直冒，看也不敢看他一眼。
「那，來說說看吧？瘋帽干擾你們，害你們沒能順利跟申宇民會合，到底想做什麼？」
秦睿朝申宇民勾勾手指，申宇民這才乖乖蹲下身，把熱茶放在桌上。
拿起杯子的秦睿直接進入主題，變回游刃有餘的態度，向賴文善他們確認情況。
賴文善從口袋拿出鐵盒，放在桌上。
「他們派了兩組人馬，一組是在便利商店那邊埋伏，一組則是把我們困在迴圈裡，不讓我們離開。」
他以這段話起頭，將之前經歷過的事情，仔細說給秦睿聽。
秦睿一邊把鐵盒放在手上把玩、並翻轉查看它的外殼，一邊聽賴文善說完。
當他聽見沈業求的名字後，下意識地朝楊光看過去，接收到他慰問自己的視線，楊光也只是笑著聳肩。

楊光的狀況比想像中穩定，應該是因為賴文善的關係，這讓秦睿非常慶幸自己有提早把瘋帽的事情告訴他。

他本來就認為有些陣營可能會違背茶會上的決議，私自動手，保險起見他就順便把需要留意的能力者整理成表單，交給賴文善。

從結果來看，賴文善好好地利用了他所提供的資料和情報。

剛開始他還以為賴文善是個柔弱的男人，雖然看起來對於保護楊光這件事十分執著，不過他並不認為剛踏入這個世界的他，能夠這麼快習慣這裡的規則和生存方式。

但，賴文善確實做得比他想像中還要好……甚至更好。

他從來沒有見過像賴文善這樣的「愛麗絲」，所以他突然有種直覺，或許以往那些「愛麗絲」都只是為了平衡這個世界的規矩而挑選出來的。

當然，這只是他的想法，並不一定就是事實。

眼前他還是先考慮要怎麼協助賴文善取得「Original」吧。

「最先動手的果然是瘋帽那些傢伙。」申宇民皺眉，「之前搞出那些問題還不夠，現在還對『愛麗絲』出手，看來他們是真的沒把其他陣營放在眼裡。」

「……問題？」賴文善好奇挑眉，「他們還做過什麼事嗎？」

「慫恿其他小團體，讓他們去強迫其他人啟動能力，還有就是扔出謠言，把能力者們聚集到怪物老巢。」秦睿邊說邊列舉出來，無奈嘆氣，「這些瑣碎的問題就算了，比較讓我訝異的是，他們跟『角色』有聯繫。」

申宇民轉頭看著秦睿，「從結論來看，應該是柴郡貓吧。」

「大概是，而且應該是那隻臭貓主動找上他們。可能有給他們某種好處，吃到甜頭的瘋帽才會大膽到完全無視其他陣營的存在，還直接對『愛麗絲』出手。」

「他們不可能不知道這麼做會有什麼樣的風險，但既然願意冒險一搏，就表示他們很確定賴文善就是『最後的愛麗絲』。」

申宇民的分析，十分有道理。

秦睿也是這麼想的，而且這樣就可以理解為什麼柴郡貓會主動找上他們。

存在於《愛麗絲夢遊仙境》中的角色們，渴望得到「愛麗絲」，但那並不是愛或者保護欲，而是想要將他碎屍萬段的執著。

以往的「愛麗絲」都不具有太過強大的能力，所以擁有操控血液能力的賴文善，可以說是與過去的「愛麗絲」們完全不同的異類。

「那些角色很可能也會去接觸其他陣營，最有可能被蠱惑或慫恿成功的，除了瘋帽之外，大概就是三月兔了吧。」

柴郡貓和紅心騎士都是個性奇怪的成員組成的陣營，至於最執著於離開這個地方的三月兔和白兔，前者是無所不用其極都必須達到目的，後者則是更加執著於人性原則。

簡單來說，一個就是喜歡用犯罪行為來走捷徑，一個則是遵守規矩、有耐心地按照這個世界的規則來行動。

雖然都是兔子，但他們行事作風卻有著天差地遠的差別，尤其是三月兔。

畢竟三月兔陣營首領的實力，不遜於申宇民。

「不管怎麼說，瘋帽的行為已經違反陣營之間的制約，也就是說能力者們的勢力平衡……很有可能會開始慢慢崩壞。」

秦睿抬起頭對兩人說：「陣營的存在本來就是為了讓所有人團結，共同朝一個目的前進，一旦目標產生分歧，就會引發戰爭。」

「這聽起來不是什麼好事。」賴文善不喜歡「戰爭」這個詞，不由得冷汗直冒。

秦睿將拿在手中的鐵盒重新放回桌上，並慢慢回推給賴文善。

「你是第一個取得這個道具的『愛麗絲』，這足以證明你就是所有能力者在等待的那個救世主，所有人的目光都會停留在你身上，引起紛爭是在所難免的。」

「……嘖，真的有夠麻煩的。」

「沒辦法，這不是你能夠決定的事。」秦睿用食指指尖輕輕敲打鐵盒外殼，「這個道具是『愛麗絲』專屬的，其他人都無法使用，也打不開。你先看看裡面裝的東西吧。」

賴文善點點頭，按照秦睿的意思打開鐵盒。

鐵盒裡裝著透明可愛的金平糖，一時間賴文善還不懂這東西是要幹什麼的，但幾秒後，關於這個道具的使用方式與它所具備的附加能力，就這樣直接輸入到他的腦海裡。

賴文善眼眸一閃，恍然大悟。

原來鐵盒裡的糖果是能夠隱藏「愛麗絲」身分的道具，吃下去之後一段時間內不會被「角色」找到。

「怪不得是『愛麗絲』專屬道具，這東西只對我有用。」

秦睿用手枕著下巴，笑得很開心。

「很方便吧？」

「……你本來就知道這東西有什麼作用？」

「我可是情報販子，沒有什麼事情是我不知道的。」秦睿像是用買一送一的附贈口氣，補充說明：「看在你這麼辛苦取得道具的份上，我再免費告訴你一件有趣的情報。製作這個金平糖的材料，就是在你發現它的地方，遇到的那隻怪物。」

賴文善黑著臉蓋上蓋子。

一瞬間的喜悅立刻就被秦睿澆熄，這下可好，他沒辦法用平常心吃鐵盒裡的金平糖了。

他敢保證，秦睿絕對是知道他會有什麼反應，故意把這件事告訴他的。

Chapter 06 智蟲

申宇民雖然不是很歡迎他們，但替他們準備的房間倒是不錯。不用擔心會發生危險的賴文善，躺在軟綿綿的床上，舒舒服服地睡了一夜，可能是因為疲憊的關係，他和楊光兩個人足足睡掉半天時間。

秦睿暫時沒有打算回停車場的意思，很乾脆地就這樣和申宇民同居，當然，申宇民十分同意他的決定，心情好到就算沒有表現出來，也能知道他有多開心。

自從那次去取道具後，賴文善和楊光就再也沒有離開智蟲的據點，除申宇民住的高樓層之外，都可以在其他地方遇見陣營成員，只是大部分的人對他們都沒有什麼興趣，會過來搭理他們的，也只有眼睛尚未發光，想要找人一起啟動能力的人。

而且這些人主動來搭訕的對象，全部都是楊光，賴文善覺得自己就像個透明人一樣，根本連入對方眼裡的機會也沒有。

「看樣子這個陣營的人，都是外貌協會……」

剛送走主動過來搭訕的路人甲的楊光，一回來就聽見賴文善的喃喃自語，眨眨眼睛回答：「是嗎？那這樣的話文善你應該比我更受歡迎才對。」

「呃，你認真？」賴文善挑眉看著楊光，不太確定這個男人是在說客套話，還是在安慰自己。

楊光居然把那張帥到沒天良的臉，跟他這個蒼白又頹廢的臉相比，還覺得他這張臉比較帥？

雖然楊光很聰明，但偶爾還是會說出這種令人費解的話。

如果他是比楊光還帥的型男，也就不會老是交不到男朋友了吧。

「你不用給我那麼高的評價，我知道自己長得不好看。」

「沒這回事！」楊光立刻否決，並快步衝過來，抓住賴文善的肩膀，大聲說道：「你那麼可愛！我每次都很擔心你會被其他男人拐走！」

他的聲音太過大聲，甚至忘記他們兩個人現在在二樓的休息室。

周圍有不少陣營成員，他們全都在聽見楊光爆炸性發言後愣住，很有默契地往賴文善的方向看過去。

這傢伙認真的？

他真的認為那個瘦弱又頹靡的男人很「可愛」？

就在這個瞬間，所有人都明白為什麼楊光總是拒絕其他成員的邀請，原來是因為眼光問題。

如果說他認為賴文善的長相很可愛的話，其他人在他眼中根本就和路邊的野花差不多。

「真可惜，那樣的帥哥居然喜歡醜男。」

「怪不得我被他拒絕三次。」

幾個路過的成員竊竊私語，下意識地遠離楊光和賴文善。

在這件事情過後，就再也沒有人主動向楊光搭訕，取而代之的是，陣營內開始出現有個帥哥專攻醜男的謠言。

雖說是因為不打算讓太多人知道，所以他們才應秦睿的要求，沒有公開他跟楊光的關係，申宇民也只有向其他成員說明他們是睡鼠陣營的人，是陪著秦睿過來這裡暫駐的，除此之外沒有其他解釋。

由於陣營成員都知道申宇民對秦睿有著瘋狂般的執著，而且他也曾下令不許敵視睡鼠的人，所以智蟲全陣營都很友善地接受了他們三個人。

在這個實力至上的陣營，申宇民的命令是絕對的，沒有人敢質疑他的決定。

至於睡鼠陣營的其他成員，秦睿都已經透過手機連絡，並讓他們注意自己的人身安全，直到他們把問題處理完。

他們陣營的成員數雖然跟瘋帽差不多，但真要打起來的話，肯定贏不了，所以最好的辦法就是藏起來，別讓那些人找到。

秦睿深思熟慮過後，和申宇民去見了其他陣營的首領，並透過紅心騎士的幫助，暫時作為睡鼠剩餘成員的保鑣，提供性命安全保障。

紅心騎士每個人的實力都很強，是最佳的保鑣選擇，雖然他們對睡鼠沒有多大興趣，但是當他們聽說瘋帽和三月兔很可能在策劃危險的事情後，立刻就改變想法。

那時秦睿和中宇民才知道，原來紅心騎士早就已經開始懷疑三月兔，所以茶會當時才會那麼堅持說要協助保護「愛麗絲」。

紅心騎士都是些富有正義感又很正直的能力者，說難聽點就是些中規中矩、直線思考的傻瓜，比起離開這個世界，他們對於維護這個世界的秩序更加有興趣，可以說是些怪胎。

不過，這些人是很有實力的怪胎，所以秦睿覺得跟他們合作是最安全的。

如今智蟲、睡鼠與紅心騎士三個陣營聯手的消息，可能已經傳入其他陣營首領的耳中，接下來就要看剩下的陣營會做出什麼樣的選擇。

賴文善坐在餐廳，嘴裡叼著炸豬排輕輕咀嚼，兩眼呆滯地盯著手機螢幕看。

秦睿每天都會連絡他，但並不是日常問候那種，而是給予目前局勢的情報，由於他跟楊光被限制外出，所以他只能透過秦睿的訊息來掌握消息。

把嘴裡的豬排咀嚼完吞下肚之後，坐在他旁邊的楊光很自然地夾起一塊，塞入他的嘴巴裡。

「你還在看秦睿傳過來的訊息？」

賴文善慵懶地慢慢往下滑，把下巴貼在桌面，慢吞吞把炸豬排吃下去。

「嗯……訊息量有點大，我還在吸收。」

「我來吧。」楊光把賴文善的手機拿走，代替他去看訊息。

賴文善沒有阻止，因為楊光比他聰明很多，看起來就是十項全能、很受同學跟老師喜歡的類型。

這麼說起來，他幾乎不知道楊光在原來的世界裡是個什麼樣的人，也沒有想過要去了解，或是是因為他認為離開這裡後，楊光就會恢復正常，跟他之間的關係也會結束，所以才沒有主動問。

看著楊光認真閱讀訊息的側臉，賴文善拿起叉子，往楊光盤子裡的雞腿戳下去，大口啃食。

啃沒幾口他就發現楊光轉過頭來盯著他看，有些心虛地苦笑。

「呃，因為看起來很好吃……」

「你真的很喜歡吃肉，剛遇見的時候也是看到和牛肉片，就高興到快要飛起來似的。」

「沒有人討厭吧？聽你這樣講好像我很貪吃一樣。」

「呵，當然不討厭。但如果對象是文善你的話，不知道為什麼看起來就會特別可愛。」

楊光邊笑邊把嘴巴湊過去，親吻他那雙油膩膩的嘴唇。

賴文善滿臉通紅，禁不起這種曖昧的挑逗方式的他，變得越來越難控制臉部表情，每次都會不由自主地笑出來。

他知道自己笑起來不好看，可是每當他一笑，楊光總是會露出特別溫柔的表情，然後又湊過來趁機偷親他。

十分習慣這種與戀人之間互動關係的楊光，對賴文善做出的各種行為，都讓他不知所措，就算想拒絕，但每當看到楊光那張臉，他就會徹底投降。

楊光一手攬住他的腰，一手拿著手機繼續閱讀，似乎沒有把剛才的親吻放在心上，反倒是賴文善自己獨自在那邊臉紅心跳到不行。

他真的覺得自己總有天會因為心跳過快而猝死。

也許是因為他第一次跟符合自己喜好長相的男人在一起，所以特別難控制心情，每當他覺得跟楊光之間的關係僅止於離開這裡之前，卻又總是因為他的溫柔而忍不住去思考楊光是不是真的喜歡他。

如果想讓他徹底認清現實，就必須離開這裡。

「嗯——局勢似乎有點混亂，比秦睿剛開始預期的還要麻煩。」

「欸？你看完了？」

「看完了。」楊光把手機還給賴文善，「陣營之間果然因為這次的事情，信任關係產生裂痕，這樣下去就算馬上打起來也不意外。」

賴文善歪頭，把啃完的雞腿骨頭放在盤子裡，「那我們這邊除了紅心騎士之外，還有誰？」

「……就只有我們三個陣營而已。」

「咦？難道其他人都跑去跟隨瘋帽？」

「不，瘋帽的能力者雖然都很強沒錯，但那不會成為追隨他們的理由。」楊光垂下眼眸，「而且秦睿已經查出來，慫恿他們私下出手的就是三月兔，所以在知道紅心騎士和智蟲、睡鼠陣營合作後，就決定跟隨三月兔。」

「那剩下來的陣營呢？」

「白兔表示不會在意其他陣營間的私仇，他們只要確保『愛麗絲』沒事就好。除非『愛麗絲』需要他們的協助之外，否則一概不會插手。」

楊光的臉色不是很好看，他看著前方，輕輕用食指指尖敲打桌面，像是在思考些什麼事，機械似地說明給賴文善聽。

「至於柴郡貓……嘖！那些傢伙腦袋裡在想什麼，我不是很清楚，雖然他們跟白兔一樣保持中立，但是對於『愛麗絲』並沒有太大的興趣。」

很少聽到楊光當著他的面咂嘴，賴文善不禁苦笑。

楊光似乎很討厭柴郡貓陣營，甚至直接了當擺出厭惡的態度，這讓他有點好奇，柴郡貓到底有多棘手，竟然會被個性這麼好的楊光討厭。

「真奇怪，難道他們不想離開？」

「秦睿不是跟你說過，白兔和柴郡貓陣營的人都是些瘋子？」

「是有聽他講過，但我覺得白兔的首領看起來很正常。」

「因為他是那個陣營裡唯一正常的人，所以才能坐上首領的位置。」

「……媽啊，感覺超級辛苦的。」

「文善你就是太善良了。」楊光拿出衛生紙，替他擦拭嘴巴，「白兔跟柴郡貓雖然應該不會對目前的情況造成什麼危險，但在搞清楚他們的目的前，還是要多加留意。」

「唔——」賴文善繼續趴回桌面，懶趴趴地說：「反正有你在，我也不用太擔心那些有的沒的，而且我對陣營之間的那些問題真的一點興趣也沒有，只想趕快找到『Original』。」

「說到這個，秦睿的訊息裡有提到，過兩天會帶我們去跟有『Original』線索的人見面。」

「終於！」賴文善聽見這個消息，開心地跳起來，「我等到整個人都快發霉了！再不讓我出去外面透透氣，我真的會發瘋！」

楊光沒想到賴文善的反應會這麼大，因為他一直覺得比起室外，賴文善更喜歡宅在房間裡，而且沒有其他人的視線，賴文善才會允許他做些親密動作。

當然，這部分楊光只猜對了一半。

賴文善確實是室內派的，只不過他覺得楊光因為他的關係而無法到處亂跑，心裡有點過意不去，才會希望能夠跟他一起外出。

除此之外，還有一個原因。

那就是只要兩人獨處，楊光就會開始對他上下其手，或者甜蜜蜜地照顧他，這些行為對賴文善來說相當陌生，反而讓他增加不少壓力。

而且每當他要求楊光停止，楊光就會用可憐兮兮的眼神盯著他看，讓他一下子舉雙手投降，不知不覺就順著他的意思，隨他高興。

不只是楊光需要出去散步，他也需要到外面喘口氣，要不然他真的要羞恥到爆炸了。

「你這麼想出去走走的話，我可以帶你去據點附近散步。」楊光思考一會兒之後，突然提議，「趁秦睿不在，我們待會就出發吧。」

「欸？你認真？」

「比起秦睿的命令，我當然會以你的願望為優先。」

「我是很感激啦……但你確定沒問題嗎？」

「只要不離開智蟲據點太遠就沒問題，而且只是散步而已，花不了多少時間。」

「好吧。」

賴文善禁不起誘惑，點頭答應。

正當他因為可以外出而感到開心的時候，楊光突然湊過來，在他耳邊輕聲細語：「正好能順便處理我們兩個之間的賭約。」

一聽見這句話，賴文善便像隻受到驚嚇的貓咪，全身寒毛直豎，冷汗狂冒。

他眨眨眼看著楊光洋溢著幸福笑容的臉龐，後悔萬分。

「你、你還記得這件事啊……」

「怎麼可能會忘記呢？」

賴文善實在沒辦法拒絕，而且從楊光的態度看起來，也不允許他拒絕。

沒辦法，身為男子漢，他只好抬頭挺胸面對了。

賴文善並不是沒有勝算，隨隨便便就跟楊光打賭，雖然他知道像楊光這種學習能力特別強的男人，肯定不會永遠都讓他佔上風，但他認為自己至少不會輸太多才對。

當時的他，真的是抱持著這個想法跟楊光一起玩的，只可惜事與願違。

汽車旅館內各種能夠比賽的娛樂器材全部玩過一遍之後，他跟楊光的勝率幾乎差不多，他贏五次，楊光則是贏四次，其中還有不少平局。

這讓賴文善再次切身體會，楊光真的是學習方面的鬼才。

不僅僅是這些很少接觸的娛樂設備，就連做愛也是。明明只有跟女人做過的經驗，但他卻能很快就掌握和男人做愛的技巧，做得比他教的還要好。

意識到自己想得太遠，賴文善紅著臉頰，輕咳兩聲。

走在他身旁的楊光聽見他的咳嗽聲，準備脫下外套披在他身上，卻立刻被他拒絕。

「我不是因為喉嚨癢才咳嗽。」

「是嗎？」

楊光似乎對於不能讓賴文善穿上自己的衣服而感到沮喪。

賴文善不想理他，隨口提問，轉移話題。

「你到底要帶我去哪？我們離據點越來越遠了。」

「就在前面而已。」

楊光指著前方，沒過幾分鐘，他們就來到一處比較空曠的區域。

這裡鋪著水泥地，上面鋪有人行道和用紅磚砌成的花圃，這條路圍繞著中央的湖泊，湖泊上還有座十字型的橋可以行走。

賴文善很驚訝，他沒想到這裡居然會有公園，沐浴在陽光下的湖面閃閃發光，周圍可以聽見蟲鳴鳥叫，就像是來到郊區。公園不只有這些漂亮的擺飾，還有木製的遊戲區，和整顆石頭雕刻而成的溜滑梯。

以往賴文善在這個世界裡看到的建築和設施，基本上都破破爛爛的，像是年久失修，或是長年沒有人使用，唯獨提供給人們居住的房間和便利商店是正常的，所以他還以為不會見到這麼漂亮的地方。

「這次白天的時間不知道會有多久，所以我想說一定要找機會帶你過來。」楊光邊說邊朝他伸出手，笑盈盈地提出邀請：「文善，來我這邊。我們去約會吧。」

賴文善起先有些猶豫，但最後還是把手交給他。

楊光開心地與他十指緊扣，一邊介紹公園的風景，一邊配合他的步伐速度，在人行道上悠閒地散步。

「申宇民那傢伙似乎是因為這座公園，才選擇把據點設在這的。」

「那傢伙竟然喜歡這種地方？」

「其實是秦睿喜歡。」

「……哈哈哈，果然如此。」

「不過我可以理解。」楊光笑彎著雙眸，欣賞湖畔景色，靜靜享受微風吹拂的他，眼神如同湖水般清澈閃亮。

賴文善不是很懂，但只要楊光喜歡就夠了。

「你這麼喜歡在公園約會？」

「啊哈哈，不是的。」楊光尷尬苦笑，「你也知道，這個世界並不正常，被困在裡面的我們也因為長時間生活在這個世界的關係，想法與認知都開始受到影響……有的時候我真的懷疑自己是不是早就已經瘋了。」

賴文善聽到他這麼說，不由得皺緊眉頭，緊握住他的手。

「我敢肯定你絕對不是個瘋子。」

「嗯……謝謝你能這麼說。」

楊光垂低雙眸，雖然聲音聽起來很高興，臉上卻完全沒有笑容。

「就像你看到的那樣，這座公園很『正常』，就像是沒有受到這個世界汙染那樣，所以我很常來這裡散步，因為待在這裡可以讓我感覺到自己沒有被這個世界吞噬。」

楊光的聲音，微微顫抖著，令人心疼。

而聽見他這麼說的賴文善，終於明白為什麼秦睿和楊光會喜歡這座公園，原來是想要保持原本的自我，不要被這個世界蠱惑、因而迷失。

他雖然沒有什麼感覺，但他可以理解被困在這裡、無人幫助的絕望感。

如果他不是因為運氣好，遇見楊光的話，恐怕他待不到一週就會瘋掉，或者是成為那些怪物的糧食。

光是想像而已，就讓賴文善手腳冰冷，沒有膽量去思考這種可能性。

「不、不過我現在還有你！」楊光看到賴文善的臉色變得不太好看，便著急地解釋，「只要文善你在我身邊，我、我就真的沒事。」

「說自己沒事的人，通常都是最有事的那個。」賴文善朝他翻了個白眼，「不過我相信你，你現在不是一個人，可以再多信賴我一點。」

賴文善說的話，很讓楊光心動。

他越來越喜歡賴文善，也越來越害怕失去他，每當回想起以前那些「愛麗絲」們的死亡命運，就讓他想要就這樣帶著賴文善逃離這一切。

「我會保護你的。」

賴文善仰頭看著楊光，讓不久前才想要帶他遠走高飛的楊光愣了下。

說著會保護他的賴文善，真的好可愛。

「我知道你會。你的能力很強，這麼說好像有點奇怪……但我覺得這個能力很適合你。」

「欸……真的假的？我倒是覺得自己的能力有點噁心欸。」

「會嗎？」楊光拉起他的手，貼在自己的心臟位置，「但如果你的能力變得更強，不受到原有限制的話，搞不好連人體內的血液都可以控制，到時候就可以無聲無息的把人殺掉。」

雖然賴文善知道楊光只是在陳述事實，但他用像是稀鬆平常的態度，隨口把殺人這件事說出口，果然還是會讓人退避三舍。

可能連楊光自己都沒察覺到，這種思考方式已經完全稱不上是「正常」。

他不打算糾正楊光，笑著主動貼近他，輕輕地親吻他放在胸口上的手。

楊光緊抿雙唇，目不轉睛地看著賴文善，忍不住低頭吻上那雙像是在邀請他的嘴唇。

這個吻，輕柔到僅僅只有磨蹭肌膚那種程度而已，生澀而僵硬，卻足以令人心癢難耐。

比起粗暴或是侵略性的深吻，賴文善更喜歡這種癢癢的感覺。

楊光絕對有發現他的喜好，才總是用這種方式吻他。

「話說回來，你不是想要還清我們之間的賭債嗎？」

賴文善歪頭看著楊光，因為看到公園太興奮，害他差點忘記這件事。

楊光嘟起嘴，還沒親夠的可憐模樣，讓人忍不住想笑。

他悶悶不樂地說：「算了啦！反正我們之間的輸贏沒差多少。」

「就算你可以用賭約來命令我做些色色的事情，也沒關係？」

這句話讓楊光頓住不動。

他似乎沒有想到還可以這樣做的樣子，一臉吃驚地看著賴文善。

「對吼！還可以這樣！」

賴文善真不知道該拿他怎麼辦才好，明明面對其他事情都很聰明，唯獨這方面傻得像個菜鳥，但他就是覺得偶爾犯蠢的楊光很可愛。

「你沒想到要拿來這麼用嗎？」

「坦白說，我以為你是想要增加刺激感才會這樣提議，而且如果用這種方式來向你提出要求……我怕你會不開心。」

「明明是個大學生，卻不懂這種樂趣？你還真是奇怪。」

楊光很不好意思地搔頭，「因為我覺得你好像隨時會從我面前消失不見，所以我……很怕惹你不開心。」

賴文善愣了下，驚訝地看著楊光。

即便他傻到不懂情侶間下賭約的樂趣所在，但其他方面的直覺倒是很準。

「你為什麼會覺得我會消失不見？之前逃跑的人不是你嗎？」

「我也知道我這樣說很蠢，可是我就是有這種感覺。」楊光更用力地牽緊賴文善的手，「自從看著你一心想要帶我離開這個地方之後，這種感覺就越來越明顯了。」

賴文善張開嘴巴，原本想說些什麼，最後卻仍選擇把話嚥回去。

楊光現在十分容易不安，所以他並不想說任何會讓他傷心的事，就算他覺得離開這裡後他們就會成為陌生人，也不能坦白說出自己此刻的想法。

他能做的，就是握緊楊光的手，用他的體溫來撫慰楊光不安的心，並盡可能陪在他身邊，直到再也無法這麼做為止。

「要不要去玩溜滑梯？」賴文善笑著提議，「我自從高中過後就沒玩過溜滑梯了，看到的時候還蠻心動的。」

「嗯！」楊光用那閃閃發光的興奮眼神，點點頭，「去玩吧！還要玩盪鞦韆跟翹翹板……對了！我記得這附近還有一個沙坑！」

楊光拉著賴文善的手，像個孩子般走在前面帶路。

此刻的他把所有煩惱、糟心的事情全部拋在腦後，因為他想要好好地跟賴文善約會，享受兩人時光——因為他很確定，等陣營之間開打後，他們就沒辦法像現在這樣輕鬆自在地過日子。

就算只有一點點也好，他想要利用跟賴文善在一起的幸福時光，把心中過去的那些骯髒到讓他想吐的傷痕抹去。

他不想再想起曾待在瘋帽陣營時的那段過去，也不希望賴文善記得那時候的他有多糟糕，現在的他只想就這樣，拋開其他能力者、拋開愛麗絲的身分、拋開那些討人厭的怪物，什麼都不想去思考。

「楊光？」

看著拉著自己到溜滑梯前面，卻又發呆、沒往前走的楊光，賴文善有些擔心地走過去，把下巴貼在他的肩膀上，歪頭盯著他看。

「你怎麼了？臉色不太好的樣子……」

楊光回過神才發現，自己的表情很緊繃，額頭掛滿汗水，心臟跳動速度加快。

他知道這是因為過去的創傷而產生的反射行為，只是以往並沒有在毫無自覺的情況下表現出來。

是因為待在賴文善的身邊，太過鬆懈？

楊光慢慢呼吸，扯動嘴角，盡最大力氣對賴文善露出笑容。

「……沒事，我沒事。」

說自己沒事的人，才是最有事的。

賴文善看得出楊光是在逞強，至於原因，他大概猜得出來是什麼。

他鬆開被楊光牽著的手，舉起來，兩隻手用力捧起他的臉頰，故意把他的嘴巴擠到嘟起來。

「唔！文善——」

措手不及的楊光，慌張抬起手，不知道該如何是好地上下揮動。

反射性想要把賴文善推開，但又捨不得，而且他看起來好像不是很高興的樣子，結果就變成這種尷尬的姿勢。

賴文善透過眼角餘光，看到楊光可愛的反應後，噗哧一聲笑出來。

「你這傢伙真的可愛死了。」

他主動湊近，吻上那對嘟起的可愛嘴唇，輕輕啃咬幾口後，慢慢把雙手往下滑動，順著他的脖子、肩膀，跨過一下，直到來到他的肩胛骨，緊緊抱住。

簡單的親吻，也已經變得更加溼潤、黏膩，兩人不自覺地張開嘴巴，任由彼此的舌頭入侵，感受著被糾纏的甜蜜與心癢難耐的快感。

沒過多久，楊光就變得越來越執著、瘋狂，把賴文善整個人塞入懷抱，不知節制地深吻眼前的人，就像是在撒嬌一樣。

不久前還因為失神的關係，失去溫度、變得冰冷的手，重新找回溫度。

如今滾燙而炙熱，就像是要燙傷他般，完全不打算從他身上移開。

一邊確認楊光心情好轉、不再因為恐懼而感到手腳冰冷的賴文善，一邊享受著被楊光索求、佔有的滋味。

啊——果然，他真的很喜歡和楊光接吻。

如果他的吻能夠讓楊光不再被過去的傷痕影響，那麼不管多少次，他都會主動親吻他。

直到那該死的沈業求徹底滾出他的記憶裡為止。

／

和楊光約會的輕鬆時光，非常短暫，短到讓賴文善非常不滿足。

在用吻安撫楊光之後沒多久，申宇民就派人過來催他們回去，結果害他什麼都沒玩到，敗興而歸。

楊光覺得過意不去，反而一直很緊張地在看他眼色這點，也令人惱火。

「你應該不會是因為我們去逛公園，所以才不爽的吧？」

「……不是。」

申宇民雙手環胸，態度比以前更加冷淡。

這個男人在面對秦睿以外的人沒有半點耐心，所以如果真的不滿，他就會立刻說出來，不會顧慮他們。

只是賴文善有點在意，申宇民在回答問題時稍微停頓了三秒左右，很顯然是有什麼理由。

懶得去猜測的賴文善，並不畏懼申宇民充滿敵意的態度，直接了當地問：「那你把我們兩個找來做什麼？你可不是那種會關心我們死活的好人。」

賴文善過於直接的態度，令楊光捏把冷汗。

他不懂為什麼賴文善完全不怕申宇民冷冰冰的態度，甚至還能神色自若地和他對談。

可惜，楊光只猜對了一半。

賴文善並不是不怕申宇民，而是知道申宇民不會對他下手，所以才能這麼直接坦白地和他說話。

如果他不是「愛麗絲」，估計不可能冷靜地站在這個男人面前。

申宇民不帶任何情感地回答：「我要帶你去見個人。」

他的用詞十分簡潔，似乎不想浪費時間解釋。

賴文善聳肩，很乾脆地放棄。

申宇民看了楊光一眼後，用眼神示意他們跟著自己走。

兩人跟在申宇民身後，一路往下。

智蟲的據點正下方，還有兩層樓的空間，陣營當中只有申宇民和單手能數出來的成員允許自由進出，若是有其他人嘗試闖入，就會被直接逐出陣營。

這個規定，是在申宇民接管智蟲首領職務後才有的，不過陣營成員都很識相，沒有人膽敢挑戰他的命令，所以平常都不會靠近地下樓層的樓梯附近。

樓梯沒有隔間，只有用黃色警告布條簡單地拉出兩三條線做為障礙，不知道是不是因為沒有窗戶，不太透氣的關係，樓梯口附近總是瀰漫著潮溼、冰冷的氣息。

坦白講，衝著這股氣味，也沒有人想去地下室看看裡面是什麼。

沿著樓梯慢慢走到地下二樓後，申宇民熟練地從一片漆黑的空間裡找到電燈開關，瞬間被日光燈照亮的地下空間，寬闊到讓人覺得冷清。

沒有任何雜物，只有一個鐵製的正方形籠子擺在正中央。

籠子裡面有某個物體在晃動，不時傳來咯咯聲響，就像是關節摩擦的聲音。

賴文善直覺意識到，這就是申宇民想讓他見的「人」。

「站在那幹嘛？還不過來。」

在他發呆的時候，申宇民已經站到鐵籠前面去。

賴文善緊張地嚥口水，和楊光一起往前走。

直到靠近鐵籠，他才看清楚關在裡面的東西是什麼模樣。

「噁！這、這是什麼鬼……」

賴文善臉色鐵青，差點吐出來。

鐵籠裡關著的並不是「人」，也不是「生物」，坦白說他真的沒辦法解釋清楚自己看到的是什麼，只剩下噁心感與深深的不適。

——那是一坨絞肉，表面的肉絲就像蟲子般蠕動，巨大化的蟲腳、身軀，甚至是頭部，從絞肉裡面伸出來，明明已經被五馬分屍，但每個部位卻像是活著一樣，怪異地扭動著。

肉團的周圍有條粗大的電纜，捲曲著向上延伸，直到最頂部。

雖然很不想看，但賴文善仍忍著反胃感，看著肉團頂部的生物，直到看清楚牠是什麼，才意識到自己誤以為是絞肉的那些部位，全都是牠的軀幹。

就整體來說，這坨生物長得有點像是肥大的巨型毛毛蟲，只不過牠的頂部——也就是頭部位置，出乎預料地普通，所以賴文善才會看得出牠是條毛毛蟲。

拖著這種身體，牠根本沒有要移動的念頭，就只是待在原地，從插入粗壯電線的口腔部位散發出白色的霧氣。

霧氣一吐出來，賴文善就感覺得出來周圍溫度瞬間驟降好幾度。

看來地下室會這麼冷的原因，是因為牠。

「這傢伙是『智蟲』，是《愛麗絲夢遊仙境》裡的角色之一。」申宇民簡單說明給他們聽，「牠在這個世界裡無所不知，告訴我們那個鐵盒道具的，就是牠。」

「……我雖然聽說過你們陣營會抓怪物並囚禁起來，但我沒想到你居然能馴服牠？」

「因為牠很有用處，還有，我並沒有馴服牠。」

「……沒問題嗎？

「沒問題，我跟牠之間有交易關係，牠不會隨便攻擊的。」

交易？

這兩個字稍稍勾起賴文善的興趣，但他沒有追問，畢竟是申宇民的私事，總覺得如果隨便問出口會很危險。

於是他聳肩，「好吧，那你為什麼要帶我來見牠？」

「因為有些事情你必須知道。」申宇民抬起頭，轉移目光放到楊光身上，像是早就知道一樣開口跟他確認：「你的能力是不是增強了？」

楊光沒想到申宇民會跟他說話，下意識點頭回答。

「我不確定是……但我的能力確實產生變化，和以前變強很多。」

「那就是了。只有滿足隱藏條件，能力才會增強。」

「隱藏……條件？」

「能力者們的能力數值都是固定的，只有在一種情況下會產生變化，變得更加強大。」申宇民垂下眼眸，盯著腳邊的影子，「就像我這樣。」

「我從沒聽說過這種事。」

「嗯，因為外面謠傳的是搭檔之間的契合度，但實際上那就只是個謠言，我現在說的這個可不是。」

聽到申宇民這樣說，反而更令賴文善感興趣。

「你別賣關子，到底是什麼隱藏條件？」

「……戀愛。」

「什、什麼？」這個字和申宇民非常不搭，所以聽到他這麼說的賴文善，渾身起雞皮疙瘩，皺緊眉頭抱怨：「別開玩笑，我是認真的。」

申宇民嘆口氣，似乎早就料到他會是這種反應。

「我沒說謊，你也沒聽錯。能力變強的前提就是要讓能力者本身陷入愛情，簡單來說，你只要愛上某個人，能力就會產生變化，而且強度也會因為你有多麼喜歡對方而有所不同。」

賴文善傻眼。

這真的是他有史以來聽過最扯的隱藏條件！

在這種充滿怪物、隨時都有可能會被殺死的世界，啟動能力的先決條件是高潮，增強能力的條件則是談戀愛？

賴文善的頭很痛，若不是親身經歷，他真的會有種誤以為自己掉到什麼聯誼空間裡面，強迫完配對遊戲的錯覺。

「『戀愛』就是增強能力的條件，這可不是嘴上說說或隨便抓個人說要交往，就可以達成的條件，更別說還是在這種鬼地方……我想你應該很清楚我的意思。」

確實很難想像被困在這個世界裡的能力者們，能夠在隨時都有可能死亡的前提下，付出真心愛上一個人。

雖然很可笑，但賴文善卻不得不承認，這個條件對能力者們來說相當苛刻，幾乎不可能有人做得到。

如果不是像申宇民這樣的瘋子，絕對不可能。

「因為這是主觀意識的隱藏條件，所以無法透過其他方式來達成。」申宇民聳肩，「總不能為了增強能力，強逼自己去愛上一個人，就這點來說，我覺得這個條件滿合理的。」

賴文善點點頭，深感同意。

他沒想到可以透過這種方式來增強能力，怪不得楊光的能力會突然產生變化。

——等等，愛上一個人能力才會增強？

一直把重點放在談戀愛才能增強能力這點上的賴文善，突然意識到一件事。

就像申宇民是因為愛著秦睿，能力才會變得這麼可怕，那麼楊光也是因為愛上他所以能力才會變強。

也就是說，即便沒有說出口，別人也能透過能力的強弱來知道這個能力者是否有陷入愛情。

賴文善猛然轉頭看向楊光，碰巧楊光也在盯著他。

當他們四目相交的瞬間，強烈的心虛與歉意讓賴文善不由得緊咬嘴唇。

萬一楊光知道他的能力沒有任何改變的話，他沒有愛上他的事實就會被發現，到時候不知道楊光會有什麼樣的反應。

絕對不可以被楊光知道，絕對不行。

賴文善那些複雜的思緒，與害怕被察覺出來的祕密，全都看在楊光眼裡。溫柔的眼眸底下，蒙上一層陰鬱。

中宇民靜靜看著這兩個人，對他們之間麻煩的感情問題一點興趣也沒有，接著說：「總之，能力的事情你們兩個知道就好，別告訴其他人。」

「知道了。」賴文善抬起頭盯著鐵籠裡的毛毛蟲，「來談正事吧。你為什麼想要見我？」

鐵籠裡的噁心身軀散發出惡臭，像是戳破的膿包，黃褐色的液體從那坨肉之中流出來。賴文善是真的沒辦法再靠近，那個味道對他的鼻子來說是種霸凌。

在他主動提問後，「智蟲」發出喀喀喀的聲響，與此同時，熟悉的字體出現在賴文善的眼前。

"Who?"

「……什麼？」意料之外的提問，讓賴文善愣在那。

智蟲沒有理會，繼續說著令人費解的句子。

"Queen is angry. Did you do it?"

"Are you happy with who you are?"

"NO, no no no. You haven't."

「智蟲」始終在自問自答，不像是要跟他對話的樣子，比較像是老人家在碎碎念。賴文善一臉困惑地望著申宇民，但申宇民卻示意他不要說話。

沒辦法，賴文善只好乖乖照做。

在一連串沒有任何意義的英文句子過後，「智蟲」開始唱起歌，賴文善聽不太懂歌詞，只知道一直在重複「Old」這個單字。

最後，「智蟲」從嘴裡吐出大片白色雲霧，終於說出重點。

"Oraculum."

「智蟲」說出賴文善聽不懂的單字，讓他皺了下眉頭。

幸好後面幾句話他還勉強能明白意思。

"Queen's Croquet Ground will be open."

"Find the original, get the original, hide the original."

"Or face the death."

「智蟲」安靜下來，頭部不再發出任何聲音，就像是睡著一樣動也不動。

申宇民看牠一眼，隨即轉頭對賴文善和楊光說：「就是這樣。」

就是哪樣啊！

賴文善真想抱頭痛哭，除了一堆讓人摸不著頭緒的英文句子之外，他什麼都沒搞懂。但是，除他之外，申宇民和楊光都露出一副若有所思的表情，反而讓他覺得自己笨得愚蠢。

疲倦萬分的賴文善懶得追問，老實說他也沒記住「智蟲」說的話，左耳聽右耳出，根本沒有留在大腦裡面。

最後選擇放棄的賴文善，只好裝做自己聽懂的樣子，跟著申宇民離開地下室。

「申宇民就是個瘋子。」

賴文善悶悶不樂地縮在被窩裡，用棉被把光溜溜的身體裹住，盤腿坐在床上冷哼，心情糟糕到極點。

壓在心頭上的厭惡感，就算是跟楊光狠狠地做愛也沒辦法平復。

將帽T穿好的楊光回頭盯著他看，只覺得賴文善像個縮在窩裡發脾氣的小兔子，有夠可愛。

不過，他的視線很快就落到賴文善肌膚上的那些紅印，除了吻痕之外還有不少齒痕，這都是他在無意間留下的痕跡，原本他還以為賴文善會禁止他這麼做，但他不但不在意，就算變本加厲也沒有阻止。

賴文善默認他留下屬於自己的印記的行為，讓楊光心情很好。

「你不這麼認為嗎？說什麼要帶我去見個人，結果居然是條毛毛蟲；說是有話要跟我講，卻滿口文言文，還要我想辦法去解讀。」

「『智蟲』說的話，其實沒有很難懂。」

「你聽得懂牠想講什麼？」

「不能說百分之百確定，但大概可以推測出來。」楊光摸著下巴，仰頭思考，「可能是因為我待在這個世界裡的時間比你長，所以可以理解那些名詞中的涵義。」

「這是欺負我這個什麼都不懂的新人？」

「沒事啦，反正有我在。」楊光坐在床上，連同棉被一起把賴文善緊緊抱在懷裡，笑著說：「申宇民就是料到你會聽不懂，才把我帶過去的。」

「是嗎？我還以為他只是因為你的能力……」

話說到一半，賴文善警覺性地摀住嘴巴，小心翼翼地觀察楊光的表情。

他們離開地下室回到房間後，楊光就直接撲上來狠狠跟他做了一整晚，所以他們還沒有時間去討論能力變強的隱藏條件這個問題。

也許是因為心虛的關係，也許是擔心楊光會胡思亂想，賴文善覺得自己應該好好跟他說清楚才對。

楊光就像是看穿了他的想法，彎起眉毛苦笑。

「你的能力沒有任何的改變，對吧。」楊光垂下頭，將額頭貼在賴文善的肩膀上，「沒關係，我不在意。就算是這樣也不能代表任何事。」

「……難道你不就是因為想要確認，才會一回房間就把我推倒嗎？」

賴文善直接戳破楊光的謊言，因為他不想要看見楊光為了他而勉強自己。

他嘆口氣，將手臂從棉被裡伸出來，抱住楊光。

「我不是不喜歡你，只是……我本來就是沒辦法容易喜歡上一個人的個性，就算這個世界判斷我的這份感情不是愛，也不代表我討厭你，或是想要跟你分開。」

楊光垂低眼眸，久久才僵硬地從喉嚨裡吐出一個字：「嗯。」

他用額頭磨蹭賴文善的脖子，撒嬌道：「我也不想要強迫你愛我，反正我們會永遠在一起……我會努力讓你愛上我的。」

楊光的愛，沉重且執著，換作是以往的自己，絕對不可能會願意跟這樣的對象發生關係，因為他很清楚這種感情會有什麼樣的結果。

但是他無法推開楊光，也不想這麼做。

加深的，並不是對楊光的感情，而是迷惘。

他很清楚自己並不是因為不喜歡楊光所以才不願愛上他，而是因為怕被楊光拋棄，才沒辦法下定決心。

一旦承認，他或許會變得比現在的楊光還要執著也說不一定。

「嗯——總之，先把我抱去浴室，全身黏黏的，我想洗個澡。」他輕拍楊光的背，像是哄小孩一樣地對他說：「我現在超想睡覺的，一起睡個舒舒服服的覺，剩下的明天再說？」

「知道了。」

楊光連同棉被一起把賴文善抱起來，輕輕鬆鬆就把他抱進浴室裡。

賴文善當然覺得這樣很羞恥，不過因為楊光很喜歡這樣做，加上有人為自己服務的感覺還不錯，所以這種事很自然地就成為他們的日常互動。

他疲倦地打哈欠，任由楊光把自己從棉被裡挖出來，放在浴缸裡，半睡半醒的他搖搖晃晃著，讓楊光從頭到腳洗乾淨之後，舒舒服服泡了個澡。

在他泡澡期間，精神特別好的楊光迅速將床鋪整理乾淨，再把擦乾身體的賴文善抱回床上。

楊光讓賴文善縮在自己的懷裡，就這樣抱著他，依賴著他的體溫入睡。

／

賴文善做了一個夢。

這種感覺很微妙，因為他知道自己正在作夢，所以很自然地認為眼前的一切全都是虛假的，但是不知道為什麼，他的心裡有點畏懼這場夢境。

"Welcome to Lucid Dream."

熟悉的英文句子，如閃爍不定的金色流沙，出現在旁邊的建築物上面。

他冷冷地看了一眼，並沒有放在心上，繼續沿著紅磚路往前走。

周圍的環境既陌生卻又有種熟悉感，看起來就像是國外的建築物與人行步道，明明是從未出國過的他所沒有的記憶，但為什麼他卻知道這條路要通往哪，而他又該往哪走？

好神奇，但也很可怕。

「吱！」

在他盲目往前走的時候，腳邊傳來一聲尖叫。

賴文善下意識往腳邊看過去，發現一隻灰色的小老鼠。

老鼠小巧又可愛，可是牠的眼珠子卻像是被人強行挖走，只留下兩個窟窿，而牠現在正用著那雙空洞、沒有眼珠子的眼眶盯著他看。

賴文善感到毛骨悚然，冷汗直冒的他加快腳步往前，試圖不去在意那隻老鼠。

因為他太過著急，導致在拐角處沒有留意從另外一側走過來的人，就這樣狼狽地撞進別人的胸膛裡。

「唔！對、對不起！」

賴文善的鼻子差點沒被對方柔軟的胸肌壓扁，雖然痛得難受，但他還是急急忙忙向對方道歉。

沒想到，他卻被對方拉住手腕，溫柔又小心地抬起下巴。

「鼻子好紅，沒事吧？」

這個姿勢很尷尬，可是也讓他很順利地看清楚對方是誰。

「什、什麼？申宇……噁噁噁噁……」

他不懂，申宇民怎麼會出現在他的夢裡？還用這麼肉麻的聲音和態度對待他，就好像是他們兩個是戀人一樣。

光是腦海裡產生這種想法，就足以讓賴文善感到反胃、不舒服。

中宇民皺緊眉頭，對他的反應十分不滿。

「搞什麼？這是看到男朋友應該有的反應嗎？」

「什麼鬼！我們什麼時候交往的？」

「從你帶我們逃離那個鬼地方之後，我們就在一起了。」中宇民不悅皺眉，「你現在的態度，是在跟我開玩笑？」

賴文善用力甩開他的手，但卻沒辦法從被他抓住的手腕掙脫。

他真的雞皮疙瘩掉滿地了，這對他來說完全是噩夢吧！

照正常情況來說，好歹應該是夢到他跟楊光開開心心在充滿異國風情的城市裡約會，怎麼會變成跟這個脾氣爛到爆的臭小鬼交往？

「呃，我想醒來……」

「你到底在說什麼……」

兩人面面相覷，尷尬的氣氛讓人難以呼吸。

不過，中宇民卻突然抬眸，與看著他的眼神不同，突然閃閃發亮，變得相當有精神。

賴文善還沒看懂他這噁心的變化是為什麼，就聽見他欣喜地喊著對方的名字：「睿哥！」

他嚇一跳，臉色蒼白地轉頭。

很快地，他就對於這場夢產生了更加厭惡的感覺。

秦睿和楊光十指交扣，就像是熱戀中的情侶，笑著朝他們走過來。

賴文善突然覺得很不舒服，腦袋也隱隱作痛。

秦睿的笑容礙眼到讓他想扁人，和楊光緊握的那隻手另他火冒三丈，更重要的是楊光看著他的眼神，和以往完全不同。

「早啊，文善。你該不會又迷路了吧？」楊光像是習以為常般，和他搭話。

秦睿也笑著說：「每次都要申宇民出來接你，真是的……你到底什麼時候才會熟悉這附近的路？」

賴文善感覺自己的腦袋像是被隕石砸到，他茫然地看著兩人，甚至沒有感覺到申宇民從背後環住他的腰。

這是什麼？他為什麼會做這種夢？

「文善，你的臉色好像不太好。」想要關心他的楊光，伸出手輕撫他的臉頰，以往他可以清楚透過這溫柔的撫摸，感受到楊光的體溫，如今卻冰冷到像是直接把臉頰貼在冰塊上面。

又麻，又冷。

「大概是沒睡好吧，他剛才還用鼻子撞我的胸部。」

申宇民半開玩笑的話，完全無法聽進賴文善的耳中。

接著這三個人好像又愉快地聊著什麼，看起來就像是兩對互相認識的情侶在大街上閒聊。

賴文善洩氣地低下頭，發現那隻恐怖的小老鼠還在自己的腳邊。

牠抖著鼻子，雖然沒有發出叫聲，但賴文善卻總覺得這隻老鼠正在嘲笑他。

"This is what you want."

「什……什麼意思？」賴文善雙眸顫抖，咬緊嘴唇，「什麼叫做我想要的？我從來就沒這樣想！」

「難道不是嗎？」

隨著秦睿冷冰冰的責問聲，賴文善猛然抬頭。

他發現這三個人正同時盯著自己，而且他們的眼睛都像是那隻老鼠一樣，全都被挖空眼珠，只剩下空洞的眼眶裡，什麼都沒有。

賴文善冷汗直冒，狼狽地從中宇民的懷中掙脫，踉蹌倒地後，又急忙起身。

這三個人並沒有跟上來，只是看著他因為恐懼而瘋狂逃命的身影，直到消失在紅磚路上為止。

賴文善的體力並沒有很好，他跑過幾個路口後就累到喘不過氣來。

當他滿頭大汗趴在地上的時候，仍能看見那隻黏著自己不放的小老鼠。

「混帳……你到底是什麼鬼……」

小老鼠瞇起眼，尖銳的笑聲，就像是用指甲刮黑板那樣，令人痛苦難耐。

賴文善閉上雙眼，盡全力摀住耳朵，他覺得自己的腦袋快要被這個聲音搞到爆炸了，但是不管他多想擺脫，都無法順利將聲音隔絕。

更多老鼠聚集到他的腳邊，並開始唱起歌。

歌詞夾雜在刮指甲的尖銳雜音之間，與這首歌完全不搭，但老鼠們並不介意。

"I was down on my luck, I was stuck."（我的運氣很差，我被困住了）

"I was running 'round broken-hearted."（我心碎地跑來跑去）

"I was sinking so fast."（我下沉得太快了）

"I couldn't last falling apart."（我無法忍受崩潰）

"And You could've ran away."（你本來可以逃跑）

"Leaving me there in my shame."（讓我羞愧地留在那裡）

"Leaving me fighting my pain."（讓我與痛苦奮戰）

「唔呃……」

賴文善不知道這些老鼠在唱什麼，但是歌聲卻令他感到痛苦。

他腿軟跪在地上，像是肚子疼一樣，整個人縮在紅磚步道，動彈不得。

意識好像快要消失不見，但直覺告訴他，絕對不可以在這種情況下昏過去。

賴文善虛弱地靠著牆壁爬起來，使出所有力氣用手肘敲破商店櫥窗，虛弱地跪在碎玻璃上面。

他的皮膚被玻璃劃傷，可是他一點也不在乎。

顫抖的手抓起一大塊尖銳玻璃，咬緊牙根，用力往自己的大腿側邊刺下去。

「痛！」

賴文善知道這麼做肯定會痛死，可是他別無選擇。

而在看到他的自殘行為後，歌聲停止，所有老鼠都轉過頭來盯著他看。

鮮血一滴滴從被玻璃刺傷的傷口裡流出，老鼠們抖抖鼻子，瘋狂嗅著瀰漫在空氣中的鮮血味道，突然抓狂地吱吱大叫。

牠們發瘋般朝賴文善衝過來，可是此時的他已經沒有力氣去反抗。

「該死，明明是我的夢，為什麼沒辦法隨心所欲……」

賴文善靠著牆壁，有氣無力地抱怨。

眼睜睜看著危險逼近的賴文善，打算利用流出來的血來攻擊，但是他卻無意間透過地上的玻璃碎片看見自己的模樣，才剛抬起的手立刻停下來。

——眼睛並沒有發光。

也就是說，能力並沒有啟動，他沒有辦法反擊。

「這是……怎麼回事？難道是因為在夢裡面？」

賴文善覺得自己好狼狽，但這些老鼠沒有給他猶豫的時間，再次抬起頭的時候，牠們已經近在眼前。

無可奈何的賴文善只能咬緊牙根，不顧櫥窗窗框還有許多碎片殘骸，硬著頭皮翻進去店內。如海浪般衝過來的老鼠們，大部分都撞在牆壁上，但也有不少隻衝進來。

傷上的傷口增加、不停流血，顧不得有沒有玻璃碎片卡在裡面，賴文善迅速起身往櫃台爬上去，在被老鼠碰觸前一秒，順利到達牠們構不到的高度。

可是，老鼠的數量一直在增加，很快店內就像淹水般被老鼠們佔據，即便他站在高處也沒有太大幫助，不到三十秒的時間就會被老鼠吞噬。

尋找逃生路的賴文善，發現位於櫃台斜後方的店鋪後門，距離不遠，硬著頭皮衝過去的話還是有可能抵達的，但問題在於插在大腿上的那塊玻璃，讓他痛到很難盡全力逃跑。

他剛才是硬著頭皮、咬緊牙根忍痛才順利翻進店鋪裡的，痛苦感還沒消退，就要繼續使用這條腿奔跑，對他來說根本就是種折磨。

本來身體就比較纖弱，又沒有什麼在運動的關係，光流點血就已經讓他快要失去意識，雖然有點後悔，但以剛才的情況來說，他必須靠痛覺來迴避老鼠們尖銳到快讓他昏厥的聲音。

「怎、怎麼辦……」

鮮血沿著櫃檯邊緣向下流，老鼠們在接觸到他的鮮血後，不知道為什麼變得更加興奮，就好像他的血液裡藏著蜜糖。

賴文善臉色鐵青，對於這些老鼠感到恐懼。

突然，被店鋪的櫃子、隙縫等處爬出許多體型跟老鼠差不多大的蟲子，喀喀喀地張合著嘴巴，二話不說就開始啃食這些猖狂的老鼠。

賴文善一臉困惑，眼睜睜看著老鼠們因為莫名其妙出現的昆蟲而陷入混亂，不懂事情怎麼會演變成老鼠與昆蟲大戰。

雖然不清楚這是怎麼回事，但對現在的他來說是個絕佳機會！

賴文善立刻抓緊時間爬下櫃台，往後門衝過去，老鼠們看出他的意圖，發出更加尖銳的叫聲，可是昆蟲們卻擋住牠們，直到賴文善平安無事地逃出去為止。

大口喘息、心臟還在狂跳不止的賴文善，用力將門關上。

因為不知道老鼠們什麼時候會追過來，也不確定昆蟲能夠抵擋多少時間，他並沒有立即放下戒心，而是轉頭就跑。

後門是在建築物的後方窄巷內，要是在這種地方被老鼠群包圍，他就真的沒有任何辦法了。

幸運的是，老鼠們並沒有出現，他順利地回到街道，但是突然衝出來的他，卻把正巧從轉角出現的人嚇了一跳。

「文善？」對方先是用懷疑的語氣喊他的名字，在他轉過頭，讓對方確認自己的身分之後，他立刻就被拉進臂彎中。

「文善！你沒事……等等，你怎麼全身都是血！」

熟悉的聲音、氣味，還有這抱過他無數次的強壯手臂。

即便沒有看清楚對方的模樣，賴文善也知道抱緊他的人是楊光。

他焦急盯著自己的眼神，就如同往常般溫柔，充滿著對他的擔憂與心疼。

不知道為什麼，賴文善突然有種想哭的衝動，他皺眉忍住淚水的糾結表情，差點沒把楊光嚇死。

「是我太晚到了！抱歉，我沒想到事情會變成這樣。」

「嗚、嗚嗚……不是，你、你這混帳，居然跟秦睿……」

「……啊？」

楊光很顯然不懂賴文善在說什麼。

不過，從他的肩膀上傳來的低語聲卻替他解除困惑。

楊光邊聽邊點頭，恍然大悟道：「搞什麼？我跟秦睿在夢裡是戀人？噁，我要吐了。」

「什麼啊？你在說什……」

「文善，這裡是夢，你所看到的一切都是『睡鼠』搞的鬼，不是真的。」

「……『睡鼠』？」

「是《愛麗絲夢遊仙境》的角色，牠很少出現，而且基本上都是在夢裡搗亂，沒有什麼危險性，我沒料到牠會闖到你的夢裡搗蛋。」

「我的夢？對、對了，這裡是我的夢，你是怎麼進來的？」

「『智蟲』幫我的，也是牠告訴我『睡鼠』跑進你的夢裡想對你下手。」

「那隻蟲子？」

「嗯，牠現在在我的肩膀上。」

賴文善臉色鐵青地往楊光的肩膀看過去，發現有坨長著眼睛的肉球。牠的眼睛看起來很像黏上去的，不但左右不對稱，還隨時都有可能會滑下來，搖搖欲墜。雖然看不出這到底是什麼生物，但賴文善十分確信牠就是「智蟲」。

「因為是牠帶我進來的，所以我可以聽見牠說的話。」楊光邊跑邊解釋，「總之你所看到的一切都是『睡鼠』搞的鬼，牠想要讓你精神崩潰，徹底搞壞你的腦袋。」

「嗯……我感覺得出來。因為我的頭痛到快炸掉了。」

「你只要想著我，聽我的聲音就好，我會帶你離開夢境的。」

「這也是『智蟲』跟你說的？」

「對，剛才那些蟲子也是牠帶來的。」

還在交談的兩人，被窄巷內傳出的猛烈撞擊聲嚇得回過神。店鋪的鐵製後門上有突出的尖銳物體，看起來就像是有人想要打破那扇門衝出來。

「智蟲」對楊光竊竊私語後，楊光立刻就決定把賴文善抱起來，帶著他快步遠離這條街。

「怎麼回事？發生什麼事了？」

「那些老鼠想要衝出來，我們得在牠們找到你之前離開。」

想起那些令人發毛的老鼠，賴文善臉色鐵青地點頭，乖乖讓楊光抱著自己跑。

「智蟲」在楊光的肩上引導他路線，兩人來到建有石橋的水道附近。楊光小心翼翼走下樓梯，抱著賴文善躲在橋下陰影處。

「『智蟲』說『睡鼠』絕對不會接近有水的地方，所以我們先在這裡躲一下。」

「嗯……」

不知道是不是因為失血過多的關係，賴文善開始覺得有些頭暈、精神難以集中，只能慵懶地依靠在楊光懷裡。

楊光看著自己沾滿鮮血的手掌心，皺緊眉頭，相當生氣。

「該死！文善，我先幫你止血。」

賴文善半夢半醒之間，只聽見楊光焦急的說話聲。

精神恍惚的腦袋，在昏睡了短短幾秒鐘之後，就被楊光叫醒。

「文善！醒醒！」

「呃、什麼……」

賴文善睜開眼，發現自己的傷口沒那麼疼痛，體力好像也稍微恢復了一點，但是皮膚好像黏著什麼冰冰涼涼的東西，癢癢的讓他很想笑。

「我睡著了？」

「稍微瞇一下而已。」

楊光用指腹輕推他略帶疲憊的眼角，「多虧『智蟲』幫忙處理你的傷口，要是再繼續讓你失血下去，就真的會有危險。」

「幫忙？」

不知道為什麼，賴文善直覺認為「智蟲」處理的方法，跟他皮膚上冰涼觸感有關，於是便往自己的大腿看過去。

果然，他看到有好幾隻軟綿綿的吸血蛭，正圍著他的傷口大快朵頤。

「呃啊啊啊啊！好噁！」

「文善你冷靜點！牠是在治療！」

「媽啊我才不想被蟲子舔傷口！」

「這是『智蟲』的眷屬，不會傷害人的，而且牠是在治療。」

為了賴文善好，楊光強行抓住他胡亂揮舞的雙手，直到吸血蛭的治療完全結束為止。

賴文善精神耗弱到不想面對現實，整個人軟趴趴的窩在楊光的懷裡，生無可戀，楊光也只能一邊苦笑又一邊覺得這樣的賴文善很可愛，努力安撫他委屈又脆弱的心靈。

「心情好點沒？」

賴文善噘嘴反問：「是你你心情會好嗎？」

楊光尷尬地說：「我不知道你這麼討厭蟲子。」

「不是討厭，是極度厭惡。」

楊光看到他堅持己見的倔強模樣，忍不住笑出來。

賴文善快要氣瘋，用力扯住他的衣領。

「我沒有心情跟你開玩笑！」

「知道啦。」

他的威脅對楊光來說根本沒有半點效果，反而讓他笑得更加開心。

賴文善雖然也不是真的在跟他發脾氣，但看見他眉開眼笑的樣子，還是有點不爽。難道他就這麼沒有男性威嚴？就算生起氣來也不可怕？

無可奈何的他，嘆口氣之後鬆開手。

「那，告訴我現在是怎麼回事吧？那群臭老鼠到底打算幹嘛？」

提起這件事，楊光很快就壓低眼神，微微發怒。

「『睡鼠』通常不會主動攻擊，而且牠就算干擾『愛麗絲』，也頂多是讓人做惡夢或是干擾思緒，但這次不一樣。」

賴文善好像可以理解，因為老鼠群的攻擊確實是想要把他殺掉，也不像是要控制他的精神，比較像是要徹底毀掉他的自我意識。

這種將人徹底摧毀的方式，即便是很遲鈍的人也能發現。

不能說這些老鼠的手法很拙劣，因為牠們打從一開始就沒有要隱藏目的的意思，而這樣反而更麻煩，因為牠們就能毫無餘裕地展開攻勢。

「『智蟲』突然把我拉到你的夢境，我才知道『睡鼠』想要做什麼。」

「……你應該不是那些老鼠搞出來騙我的假人吧？」

楊光可以理解，賴文善為什麼會這樣想，因為他不久前才看到「睡鼠」製造出的夢境人物，即便知道那不是真的，但心情多少還是會產生影響，疑心感變得很重。

「『睡鼠』無法在夢裡創造出同為『角色』的其他怪物，所以『智蟲』可以證實我是真的楊光。」

「哼——」

賴文善邊聽他解釋，邊玩弄楊光的手指，突然二話不說就跟他十指交扣，緊緊牽著，說什麼都不想放開。

楊光雖然不清楚賴文善為什麼這麼做，但因為很可愛所以就隨他去。

「總而言之，我們先專心想辦法離開夢境。」

「要怎麼做？在這裡沒辦法使用能力，根本沒辦法反擊或是殺掉牠。」

「這裡是你的夢，文善。只要你製造出『出口』就好。」

「……欸？這麼簡單？」

「嗯，畢竟是你的『Lucid dream（清醒夢）』」。」

「啊……我一開始好像有看到這句話，這是什麼意思？」

「清醒夢，也就是說你現在是有意識地在作夢，這個夢的主人是你，你可以自由控制它，只是『睡鼠』故意搗亂，讓你沒辦法發現這件事。」

「搗亂是指莫名其妙說是我男朋友的申宇民，還有跟秦睿牽手出現在我面前的你？」

「別再把這件事記得那麼清楚了，文善。那不是真的。」

「我知道不是，但就算是夢我也會忌妒。」

「你該慶幸我沒撞見那個場面，否則我可能也會忌妒到當場把申宇民打死。」

楊光雖然笑著，可是他的態度卻讓人沒辦法把這句話當成玩笑。

賴文善扁著嘴巴繼續說：「反正只要我製作出口就可以了吧。」

「對，有我跟『智蟲』在，你不用擔心會有危險，安心地造夢就好。」

「可是我還想再繼續這樣跟你待一會。」賴文善抬起眼看著楊光，「喂……你可以在這裡跟我做愛嗎？」

楊光吃驚地看著他，臉頰瞬間刷紅。

「你、你在說什、什麼？」

「夢裡沒有那些會讓人發情的空氣，如果說你這樣還能對我勃起的話……唔！」

賴文善連話都還沒說完，就被楊光用力吻住。

他驚訝地瞪大雙眼，看著楊光被他說的話而挑起情欲，不斷用舌頭舔他的嘴唇跟下巴，到處親吻的模樣後，嚇得滿臉通紅，急忙推開他。

「等等！你、你在幹嘛？」

楊光順勢抓住他的手，貼在自己的嘴唇上，小心翼翼親吻他的掌心。

看著賴文善慌張的模樣，他忍不住笑出來。

「我知道你在想什麼，文善。你覺得我想跟你做，並不是因為自己的本意對吧？所以你才不敢愛上我。」

他一邊親吻，一邊用溫柔的聲音低語。

「你真的傻得很可愛，要是我因為那該死的地方而對男人產生性欲，或是就這樣愛上對方，那我早就已經瘋了。文善，你應該知道我有多討厭和其他男人做這種事，只有你……我會想要親遍全身，把你身體的每個角落全部都舔過一次，徹底佔據你的心和身體。」

他的話，誇張到讓人難以承受，更別說賴文善從未被某個人這樣直接了當地告白過，反而更加不知道該怎麼處理現在的心情。

身體好熱，臉頰也紅到發燙，心臟快速跳動到快要喘不過氣，被楊光吻過的每個地方，全都酥酥麻麻地，舒服到令他忍不住顫抖。

被那個世界拘束想法，認為楊光的這份感情只是虛假而非真實的人，是他。

他果然比不上楊光，明明這個男人一直都在自己面前展示出真心，但他卻像個渣男，始終不把他當回事。

「呃、楊……楊光……」看見楊光開始舔他的手指，誘人的視覺效果讓賴文善硬了一半，「快住、住手……」

「說要做的人是你，我才不會停下來。」

「不、不要在這裡……我想……真的和你做……」

「你不是想要測試我嗎？」

「不要了，我、我知道你是真的喜歡我……」

楊光的挑逗，徹底粉碎賴文善建起的圍牆。

他真的，拿這個男人沒有辦法。

光是對上視線，賴文善就覺得自己好像快要控制不住感情，想要全部宣洩在楊光面前，毫無節制地向他撒嬌。

楊光也是一樣。

現在他可以感覺得出來，賴文善和以往不同，他們之間不再有那種曖昧不清的隔閡，膽小卻又希望被疼愛的他，如今已經完全接納自己。

然而，原本靜靜地窩在楊光肩膀上的「智蟲」卻突然間炸裂，肉末和眼珠噴在正要接吻的兩人臉上，氣氛頓時變得尷尬又驚悚。

「這隻蟲子現在是自爆了嗎？」賴文善一臉狐疑地用指尖輕輕抹掉臉上的碎肉，真心恨死這條沒情趣的毛毛蟲。

就算救過他的命，但也沒必要做這種事情來打擾他跟楊光的兩人時光吧！

「別理他，我們……楊、楊光？」

嘟起嘴巴，雙手還環住楊光脖子的賴文善，原本想繼續跟楊光親熱，沒想到卻看見楊光臉色蒼白，冷汗直冒，像是氣喘發作一樣痛苦地呼吸著。

「哈、哈啊……哈……」楊光的汗水滴在賴文善的身上，他就像是窒息般，扭曲著臉，向賴文善投以求救的眼神。

「楊光！怎麼回事……該死的！你慢點……慢、慢慢呼吸！」

「咚」地一聲，支撐不下去的楊光就這樣側躺在他身邊，緊抓心臟位置的衣服喘息，連聲音都發不出來。

他看起來是真的無法呼吸，嘴唇發紫。

賴文善不知所措，慌亂之中甚至沒有注意到沾在臉頰的肉末竟然主動鑽進自己的嘴巴裡面去。

直到他感覺到有物體滑入喉嚨，才臉色鐵青地掐住喉嚨，趴在地上狂咳。

「咳咳咳！咳咳！」他想要把喉嚨裡的東西吐出來，但是卻沒成功。反胃的感覺讓他口水直流，胃酸衝上喉頭，讓他忍止不住乾嘔。

幾秒鐘過後，他的腦袋裡傳入了一段文字。

"Leave here!"

這段文字很少見地使用驚嘆號，能讓賴文善明確感受到對方急切的心情。他下意識認為這是「智蟲」留給他的提醒，也知道只有照做才能救楊光。

除這句警告之外，腦海裡出現明確的逃離方式。

別無選擇的賴文善閉上眼，按照腦海裡的文字去做。

——製造出口，離開噩夢。這裡是他的夢，只要他仍保持著自我意識，那麼他就是這個世界的主宰。

所以，醒過來！

別再睡什麼他媽的覺了！快點醒過來啊！

在心底吶喊的賴文善，握緊拳頭，咬住下唇，強烈的執著與逼迫，讓他的意識突然像是墜落深淵般下降。

他用力地抖了一下肩膀後，睜開雙眼，驚慌地從床上跳起來。

汗水浸溼他的衣服，瘋狂跳動的心跳，就像是經歷過什麼讓他恐懼至極的事情一樣。

賴文善只花一秒鐘時間就意識到自己已經脫離夢境，並不安地開始尋找楊光。

不在床上，也不在房間。

每次都會跟他同床共枕的楊光，究竟跑到哪裡去了？

不祥的預感讓賴文善無法再繼續思考，現在他只想立刻見到楊光。

「呃……嘔！」

力氣沒有完全恢復的他，摔下床之後，摀著嘴巴吐了一地。

胃酸夾雜著蠕動的肉屑，看起來就像是蟲子一樣。賴文善盯著這似曾相識的「東西」，突然意識到這就是剛才滑入他喉嚨裡的物體。

「什、什麼鬼……」

他用手背抹掉嘴角的殘留物，接著突然就有人闖入他跟楊光的房間裡。

「找到了！這傢伙沒事！」

那個人大聲喊著，他的聲音令賴文善頭痛欲裂。

他忍著痛苦，搖搖晃晃起身，對方見他狀況不是很好的樣子，便過來攙扶。

「首領要我過來把你帶到安全的地方去，跟我走。」

「……別管我。」賴文善甩掉對方的手，抬起臉色蒼白的臉龐，皺緊眉頭，「發生什麼事了?為什麼外面這麼吵?」

因為賴文善的態度十分堅決，加上申宇民說過必須對他以禮相待，所以男人便照實回答他的問題。

「其他陣營的人從西側入侵我們的據點，雖然我們的人即時發現並做好處理了，不過安全起見還是得先把你移動到安全的地方去。」

「楊、楊光呢?他原本跟我一起待在房間裡。」

「呃，你的同伴原本也跟我們一起去對付入侵者，但他半路說是有事，跟其他人分開行動，後來就再也沒有人見到他。」

事實上，據點裡已經有傳出「楊光可能是臥底」的謠言，不過男人沒有告訴賴文善，因為他覺得說出來肯定會被他揍。

「什麼?沒有人知道他去哪?」

「是、是的……」

「喂!你們這些混帳，居然就放他一個人走……搞什麼?」

想起在夢裡時見到楊光喘不過氣來的畫面，賴文善就沒辦法放下心來。

除非讓他親眼確認楊光的安危，否則他絕對不會善罷干休!

對方一臉為難，他只是奉命過來把賴文善轉移到安全的位置去，又不是來當受氣包的。

氣到不行的賴文善，顧不得自己精神還有些恍惚，反胃的灼熱感還殘留在喉嚨裡，久久不散，甩開這個男人的手，獨自走出房間。

「等等，你要去哪？」

「我要去找楊光，你敢阻止我你就死定了。」

賴文善的臉本來就看起來陰森可怕，生起氣來的他更是比恐怖片裡出現的鬼還要讓人不敢接近。

男人一方面苦惱著沒辦法跟申宇民交代，一方面又不知道該怎麼阻止賴文善，只能保持距離跟在他後面。

「我拜託你冷靜點。」

「冷靜個屁！你要是再廢話就別跟過來！」

「那怎麼可以？要是你出事的話，首領絕對會把我殺掉。」

男人一路嘮叨，讓賴文善心煩意亂。

幾分鐘過後，男人突然安靜下來，讓賴文善直覺有異地停下腳步，轉頭看著他。

男人只是低著頭站在原地，像是在竊竊私語般，嘴巴小幅度地開闔。

賴文善突然覺得男人有種毛骨悚然的感覺，本想就這樣甩掉他，但男人卻像是看穿他的想法一樣，突然抬起頭。

無神空洞的雙眼，就像是沒有自我意識，男人的右側太陽穴位置，長出一塊像是在呼吸般起伏的肉瘤。

賴文善直覺男人有問題，拔腿就逃，但男人卻用比他還快的速度追上來，用力扯住他的手腕後把他壓在牆壁上面。

噁心的臉湊近賴文善，直勾勾地盯著他那張極度厭惡自己的表情。

賴文善渾身顫抖，想要掙脫，可是對方力氣卻異常大。

「冷靜點。」男人用冷冰冰的語氣說話，完全聽不出來有打算安撫他的意思。

賴文善怎麼可能乖乖聽話，不斷用全身力量抗拒對方，但仍舊無能為力。

男人皺緊眉頭，「你如果還想知道楊光的下落，最好別再給我亂動。」

「……什麼？你不是剛才才說不知道他在哪嗎！」

「我是智蟲，這個世界沒有我不知道的事。」

「你、你在說什麼……」

賴文善原本並不想相信這種胡言亂語，但他卻越看越覺得男人右側太陽穴上的肉瘤有點眼熟。

跟在夢裡看見的，窩在楊光肩膀上的那坨肉有點像？

正當他這麼想的時候，肉瘤突然長出兩顆眼珠子，以不規則滾動的方式懸掛。

原本還只是覺得像而已，現在幾乎是一模一樣了！

「你你你，你真的是那個噁心的毛毛蟲？」

「話別說得那麼難聽，我為了幫助你，特地佔據這噁心的身體跟你進行『對話』，你應該感謝我才對。」

噁心？這隻毛毛蟲居然覺得人類的身體很噁心？

該不會在牠的觀念裡，像絞肉般的軟爛身軀，還有被切割、分解後的昆蟲肢體，才是所謂的「正常」吧？

現在，賴文善並不想續仔細思考這些瑣碎的問題。

「你說你知道楊光在哪？」

智蟲見賴文善的眼神不再對他充滿抗拒，便鬆開手，點點頭。

「跟我來。」

說完，他便獨自走入旁邊走廊。

賴文善輕輕撫摸被他抓紅的部位，噠噠噠地跟在後面。

「既然你能用這種方式跟我們說話，幹嘛還要搞得怪裡怪氣地，還特地用英文來說些讓人摸不著頭緒的句子？」

賴文善對此感到憤恨不平，欺負他英文爛就算了，就不能正常跟他對話嗎？偏要用那些難懂的方式，把事情搞得好像在解謎似的。

智蟲嘆氣道：「我現在只是操控這具身體，才能像這樣使用你能夠聽得懂的語言跟你交談，這並不是屬於『這個地方』的語言，所以你就給我閉嘴吧。」

「那你說想見我、跟我說話的時候，找個人操控不就好了嗎？」

「如果被我操控的時間太久，這具身體的主體意識會徹底被我同化，被我捨棄後，身體的主人就會成為沒有意識的空殼。」

智蟲邊說邊轉頭看著聽完解釋後，臉色變得越來越難看的賴文善，勾起嘴角。

看樣子賴文善是不會再說那些有的沒有的抱怨了。

「總而言之，我很少用這種方式。而且在這個狀態下我也有無法打破的制約，能做到的事情並不多。」

「你只是為了帶我去找楊光才這樣做？」

「嗯，我在發現你的意識被『睡鼠』入侵後，就派其他蟲子去找你的同伴幫忙。『睡鼠』行動的時間點和入侵時間點重疊，所以我想它跟入侵者是一夥的。」

「入侵者……是怪物嗎？」

「不，是能力者。」

「……果然跟之前『柴郡貓』那次一樣。」

不僅僅是「柴郡貓」，就連「睡鼠」也把他視為攻擊目標，明明都是《愛麗絲夢遊仙境》裡的角色，為什麼「智蟲」不但沒有打算殺死他，還反過來成為協助者？

這件事令賴文善百思不解，但他卻沒有勇氣當面詢問智蟲。

「所以，你把楊光帶到哪裡去了？」最終，賴文善只能選擇先掌握目前的情況，其他事情等跟楊光會合後再說。

「為了帶他進入你的『Lucid dream（清醒夢）』，他的意識必須先進入休眠狀態，也就是他必須睡著或昏迷才能夠踏入夢境。不過因為事情發生得很突然，時間有限，所以我……」

賴文善一聽就覺得不太對勁，黑著臉質問：「喂，你這傢伙該不會把楊光打暈了吧！」

智蟲沒有承認，但也沒否認。他因為心虛而變得飄忽不定的視線，讓賴文善氣到頭痛。

「你這——」

「我有差遣蟲子們把他移到安全的地方去，你不用擔心。」

「媽的！聽到你這混帳把我的男人打昏，我還能冷靜嗎？」

「總而言之，你同伴被我安置的位置不知道為什麼被發現了……該死，應該是『柴郡貓』搞的鬼，牠這次的復活速度比預期中還要快。」

「什麼！」聽到這句話，賴文善的音量又提高幾度。

他真的是會被這隻臭蟲氣到瘋掉！

「簡單來說，他現在正被能力者們包圍，幸好你們兩個目前仍保持能力啟動的狀態，所以不見得馬上就被殺死。」

賴文善很想繼續罵髒話，但他意識到這是白費力氣。

不管怎麼說，至少「智蟲」的出發點是善意，比起「睡鼠」和「柴郡貓」已經算是不錯的幫手。

「所以你在我的夢裡突然炸成碎肉，又是怎麼搞的？」

「那原本就是我設定的安全機制，我在安置你同伴的地方藏了個分身，如果附近發生危險或是它被人殺掉的話，夢裡的我就會被殺死。」

「如果是這樣，為什麼楊光會受到影響？」

「畢竟他是透過我的協助才進到你的『Lucid dream（清醒夢）』，我死掉的話他當然也會受到影響。」

原本一直在前面帶路的智蟲突然停下腳步，轉頭看他。

「舉例來說，你的『清醒夢』位在深海，我是氧氣筒，而他是需要依賴氧氣才能進入海底的潛水者。一旦沒有氧氣筒，他就沒有辦法自由呼吸，所以那時你只有一個選擇，就是盡快從夢裡醒來，這樣他的意識就會回到原本的身體裡。」

「所以你才會叫我離開……」

「呵，幸好你理解得快。」

賴文善一點也不高興，智蟲總是只幫一半的忙，而且很沒有責任心，擺著只要自己不吃虧就無所謂的態度，很令人不爽。

閃爍銀光的眼眸，對智蟲產生強烈的厭惡感，可是現在他仍需要這個「角色」的幫忙，所以他知道自己絕對不能因為一時的氣憤情緒而打死這隻蟲子。

智蟲示意賴文善過去，他慢慢往前撥開樹叢，果然看到一群人包圍著看起來像是倉庫的貨櫃屋。

賴文善立刻就知道楊光在這裡，剛想轉頭問清楚情況的時候，智蟲控制的男人就突然「咚」地一聲倒地不起。

照這樣子來看，應該是到操控的時間上限，所以智蟲才會一聲不吭地跑了。

果斷放棄找智蟲幫忙的賴文善，不理會被智蟲當成人偶操控的可憐路人，蹲低身體慢慢往貨櫃屋靠近。

前門已經被破壞，可以看得出有部分能力者已經進入裡面。不能判斷對方人數這點，對他來說有點棘手，一打十什麼的根本就是天方夜譚。

就在他猶豫要怎麼做的時候，幾個男人就拽著一個滿身是血的人從貨櫃屋裡走出來。

賴文善看清楚那個人的臉之後，嚇了一大跳，氣憤到全身顫抖。

那是楊光，他不但渾身是血，還被打到頭破血流，好看的臉上全是瘀青，雖然似乎還留有微弱的意識，但是不足以讓他從這些人的手裡逃走。

「……該死。」

賴文善想要努力冷靜，可是在看到這些傢伙猛踹無法反抗的楊光，無視他痛苦、乾嘔的模樣，持續毆打的行為，他漸漸變得無法忍耐。

他現在只想把這些人全部殺掉，這還是他第一次產生這種衝動的情緒，毫無恐懼、擔心，剩下來的只有把這些能力者碎屍萬段的念頭。

「媽的！就一個人而已，搞得我們那麼辛苦！」

「首領也真奇怪，幹嘛叫這麼多人來抓他？」

「你不知道？這傢伙的能力很強，只派兩三個人的話根本抓不到。」

「真的假的……」

「他可是少數能被『A』盯上後還活下來的能力者。」

「嗚哇？不會吧！這個人？」

出乎意料的情報，讓對方很訝異。因為這個人正蜷縮著身體在地上挨揍，怎麼樣也不像是傳聞中那麼厲害的能力者。

部分不認識楊光的人，全都露出驚訝的表情，而知道並見過他打架的能力者則是心裡非常痛快。

楊光在能力者之間算小有名氣，因為他的能力特殊到讓各個陣營首領都想拉攏他，也因為他每次都只單獨行動，又不願意跟其他能力者來往的關係，導致能力者們對他的印象很糟糕。

不合群、自視甚高，明明都被困在同個地方，卻又因為那沒有任何用處的自尊而老是打著不想跟同性發生關係的名號。

在其他能力者眼中，楊光堅持自我的行為相當礙眼。他的堅持就像是在指責隨波逐流的他們，全都是失去自我，被這個世界的規矩牽著鼻子走的笨蛋。

能力者們邊毆打無法反擊的楊光，邊用難聽的詞語咒罵，像是把他當成出氣包一樣對待，根本不管這樣做會不會殺死楊光。

他們就像是早知道不會有人來幫助楊光，所以才如此明目張膽。

而這點，是最讓賴文善氣憤的。

賴文善一聲不吭地從草叢裡走出去，踏著沉重的步伐，越走越快。

能力者們似乎沒想到周圍會有其他人，等他們看見賴文善的時候，他已經揮拳打斷其中一個人的鼻樑。

骨頭碎裂的脆響，迴盪在寧靜的樹林裡。

能力者們吃驚地看著一拳就倒地的同伴，停頓半秒後迅速朝賴文善圍上去。

「搞什麼！」

「你這混帳，竟然敢——」

他們一個個都像血氣方剛的小混混，在看見賴文善瞳孔散發出銀色光芒之後，全都拿出自己的能力打算反擊。

但，很快地能力者們就突然意識到一個事實。

大腦想著要攻擊，然而他們的身體卻動彈不得，四肢就像是被凍結般，所有人都維持著原來的姿勢站在原地。

「這是怎麼回事？」

「動、動不了！」

「是這傢伙的能力嗎……我從沒聽說過有這種能力者！」

這個人說得沒錯，因為確實不存在能夠同時定住這麼多人能力者，而且他們並不是完全被控制，還可以掙扎並開口說話。

感覺十分奇怪，但同時所有人也意識到自身的危險。

賴文善默不作聲來到倒地的楊光身旁，蹲下身拉起他的手臂，跨在自己的肩膀上。

楊光身材比他高大，光是扛起他就要花費不少力氣，但賴文善卻一點也不覺得難受，尤其是當他看見楊光的鮮血滴在自己的皮膚上，那種令人毛骨悚然的感覺讓他咬牙切齒。

全身的血液，因憤怒而沸騰著。

他很想就這樣直接把這群人全部殺掉，但僅存的一絲理智，卻阻止了他。

「喂！等等，你要把他帶去哪？」

「給我站住！」

能力者們看見賴文善把楊光帶走，突然變得很緊張。

賴文善用那雙沒有半點笑意的眼眸，冷冰冰地說：「不想死的話就給我閉嘴。」

「什——」

「你以為我現在是用什麼方式讓你們所有人動彈不得的？」賴文善抬高下巴，以冷傲的銀色眼眸注視這群人，「想試試看血管破裂，血流不止的感覺嗎？」

他的威脅十分有震撼力，所有人都識相地閉上嘴巴，乖乖讓他把楊光帶走。

賴文善並沒有在說謊，他是認真的。如果可以，他也可以選擇直接讓這些人的血管爆裂死亡，只是他沒有這樣做。

原本他的能力，僅限於控制「未流動」的血液，也就是說他無法操控體內有血管的生物，可是不知道為什麼，他突然變得不受到這條限制影響，可操控的範圍比以往還要廣。

他下意識地凍結這些能力者體內的血管，讓所有人無法自由行動。這並不完全稱得上是「定身」能力，因為除血管之外的身體組織沒有受限，所以這些能力者才能開口說話，只要他們想，也可以發動能力，只不過這群人並沒有意識到這件事。

為了在他們發現前，遠離這些人，賴文善才會急著把楊光扛走。

而在拉開一段距離後，他感覺到控制血液的能力解除，那些恢復自由的能力者很快就會追上來，所以他沒有時間猶豫。

他的能力啟動時間應該還能撐幾小時，可是楊光滿身傷，無法長時間移動，最好先找一處可以安身藏匿的地點替他包紮治療。

賴文善並不是醫生，可是他很清楚楊光的傷勢不輕。

雖然很不願意，但他需要謝恩維的幫忙。

「……文善？」

楊光虛弱的聲音，讓正在思考該怎麼辦才好的賴文善回過神。

他停下來，讓楊光靠著樹幹坐直身體。

「你還好嗎？不對……我幹嘛問這種蠢問題……」

賴文善輕輕撫摸楊光的臉頰，忍不住咒罵自己。

看著皺起臉落淚的賴文善，楊光心疼不已地說：「我……沒事，別哭。」

「滿頭是血的傢伙，別說自己沒事！」

「只、只是看起來有點嚴重而已啦，我很好。」

「閉嘴。」賴文善狠狠瞪著他，「媽的我絕對要打死那隻毛毛蟲。」

「事情變成這樣也不是牠的錯。」楊光稍稍靠自己的力量撐起身體，因為拉扯到瘀青的部位而倒抽口氣。

「嘶——果然有點不妙。」

「我就說吧！」賴文善氣急敗壞地站起來，「不過我們不能在這裡逗留，那些人很快就會追過來。」

「呃，你是怎麼從那些傢伙手裡把我帶走的？」

楊光單手撐著樹幹，慢慢起身，靠在賴文善的身上繼續往前。

賴文善張開嘴，原本想要老實跟楊光說清楚，但後方不遠處傳來的沙沙聲響很快就讓他決定先暫時保留。

他拿出手機，打開地圖APP確認身後能力者的位置與數量。

「哈啊……這個東西果然很麻煩。」

他能用這個APP確認追兵的位置，同樣的，那些傢伙也能用這個程式找到他跟楊光，真不知道該說這個東西是好用還是難用。

「那些混帳腳步還真快。」賴文善不快咂嘴。

只要那些人不肯放棄，他跟楊光不管躲在哪都沒有用。

果然，還是只能先想辦法和申宇民那邊的人會合嗎……

就在賴文善這麼想的時候，楊光的手錶突然震動，並發出刺耳的警告聲響。

被黑夜覆蓋的樹林之間，一抹細長、高大的身影出現在他們面前。

賴文善倒抽口氣，楊光則是臉色蒼白。

因為這個怪物，是「A」。

它就像是直接過來找他們一樣，與他們面對面，視線交會的瞬間，心臟就像是凍結般，差點忘記呼吸。

「楊、楊光……」

賴文善緊抱著虛弱的楊光，而楊光則是瞬間清醒，將賴文善護在懷中。

「……該死。」

他們的運氣真的很糟糕，為什麼偏偏在這個時候遇到「A」！

靜止不動的兩人，無路可逃，也沒有信心能夠逃得了。

可是「A」的行為有些奇怪，因為它只是盯著他們看，並沒有任何想要攻擊他們的意圖，和之前遇到「A」的情況完全不同。

反之，這個「A」在聽見兩人身後傳來能力者們的腳步聲和撥弄樹叢的沙沙聲響後，主動移開與他們對視的目光，突然加快速度衝向追逐兩人的能力者。

楊光和賴文善一臉茫然看著「A」以超快速度遠離，不久後便聽見能力者們的慘叫聲迴盪在樹林間。

聲音淒厲而可怕，楊光摀住賴文善的耳朵，忍著痛到不行的身軀，帶他往樹林外側移動。

先不管「A」為什麼沒有殺死他們，現在最重要的是先遠離這片樹林，和追逐在後面的能力者們拉開距離，以免被捲入危險。

「楊光，你可以嗎？」

「嗯……我知道那裡有可以休息的安全屋，跟我走。」

「你別太勉強自己。」

「沒事的，不用擔心。」

楊光知道自己快要昏過去，即使如此，他也得先帶賴文善倒安全的地方去。讓他咬牙支撐下去的，是想要保護賴文善的那份執著。所以他不會倒下，至少現在不會。

賴文善雖然還想說些什麼，可是看著不顧重傷，堅持保護自己的楊光，他也只能默默地點頭，扶著他一步步往前走。

／

賴文善和楊光的運氣，並沒有想像中好。

原本想要帶賴文善到安全屋喘口氣的楊光，走出樹林後見到的是被緊密樹叢包圍起來的庭院，並不是楊光記憶裡原本的場景。

「這是怎麼回事？路怎麼……是我記錯了？不可能啊……」

楊光很混亂，但他沒辦法確定自己是因為現在受傷而沒辦法好好思考，還是說這個世界的場景真的產生改變。

無論是什麼原因，很明顯的這座庭院絕對沒有看上去那麼安全，可是，對於進退兩難的他們來說，沒有其他選擇。

庭院裡可以清楚聽見「咚咚咚」的聲響，卻沒有半個人影，雖然聲音很快就消失，之後也沒有再出現，但他們還是不敢大意。

賴文善拿出手機確認附近有沒有能力者，就怕還有其他陣營的人埋伏，萬幸的是，周圍只有他們兩人，就連怪物的影子也沒看到。

這個事實，也讓剛才的「咚咚」聲響來源成為謎團。

鋪著白色大理石的小徑上有噴水池、涼亭與雕像等裝飾，顏色統一、製作精美，就像是來到歐洲世界風格的博物館。

雕像的數量似乎比想像中還多，而且模樣十分詭譎，所有雕像都是人型，臉部被有點厚度的紙張遮住，就像是有人強行把那張紙貼在它們的臉上一樣。

庭院基本上只有綠色的葉子部位，沒有半朵花，就像是只剩下綠色與白色的空間，十分單調。

這裡沒有其他建築物可以躲藏，所以賴文善只能先把楊光安置在涼亭裡。

疲倦的楊光很快就昏睡過去，看得出來他直到剛才都是在硬撐。

「你先休息一下，我看能不能聯絡到秦睿。」

賴文善拿出手機，蹲在楊光的面前，快速用拇指刷螢幕，從通訊錄裡找到秦睿的名字，因為不確定秦睿那邊的情況，深怕打電話的話會出問題，所以選擇用傳訊息的方式留言給他。

在等待秦睿回覆的時間裡，賴文善隨手點開地圖，原本是想要仔細確認庭院大小跟位置，好判斷該怎麼回去據點，卻意外發現附近竟然有間便利商店。

沒想到庭院裡面居然會有便利商店的賴文善，十分驚訝，心想它出現的正是時候，他需要替楊光簡單處理傷口，只不過在這詭異的庭院裡出現便利商店這種事，總讓他覺得不對勁。

看著楊光閉上眼、意識矇矓的模樣，賴文善決定賭一把。

等秦睿過來支援的這段時間裡，可不能白白浪費掉，楊光是為了他才會被「智蟲」單獨帶走，若他一開始就跟智蟲陣營的其他能力者待在一起，就不會受到這麼嚴重的傷。

他把外套脫下來，蓋在楊光身上，輕輕親吻他的臉頰，低聲說道：「我很快就回來。」

楊光應該有聽到他說的話，因為他的手指抖了一下，還皺著眉頭喃喃自語，像是在對他表達不滿。

即便自己已經狼狽不堪，卻還是堅持要顧著他的安危，果然是個爛好人。

賴文善轉身走出涼亭，被月光反射的銀色瞳孔，閃閃發亮，亮度甚至沒有因能力啟動時間過長而減弱。

他從剛才在貨櫃屋那邊的時候，就可以感覺得出來自己的力量好像變得跟以往有些不同，實際使用過後，也確實證明他的能力產生了變化。

就和楊光能夠停滯的時間變長，他能控制的血液也不再僅限於無流動狀態下的血液。如今，他就像是這個世界裡最危險的殺人魔，只要他有那個意思，就可以隨便捏爆生物體內的血管，讓人在不受到外力攻擊下暴斃而亡。

賴文善盯著自己的手，第一次對這份力量感到恐懼。

「該慶幸這是我的能力，而不是敵人的嗎……」

他邊自言自語，邊無奈嘆息。

握緊拳頭，下定決心把這份恐懼拋在腦後，賴文善拿著手機往便利商店的方向移動。

時間不多，他必須快去快回。

「智蟲」說過，陣營突然被攻擊還有「睡鼠」突然盯上他的理由，很有可能是被其他角色慫恿，保險起見，賴文善在前往便利商店前，先從鐵盒裡拿出一顆糖果，扔進嘴巴裡咬碎。

糖果比他想得還要難吃，味如嚼蠟，差點沒害他吐出來。

他一邊乾嘔，一邊在心中不斷咒罵這該死的糖果，來到地圖顯示的便利商店。

「呃，這是……販賣機？」

眼前出現的，是發光的自動販賣機。

賴文善不敢置信地看著它，一次次用手機確認自己有沒有跑錯地方。

「便利商店指的就是這個？開什麼玩笑。」

自動販賣機的數量，少說也有十台，坦白說它們與這座庭院非常不搭，而且位置也很突兀，就像是被人棄置在這裡，凌亂地擺放著，有些甚至還橫躺在地上。

這附近完全沒有任何插座或電線，但自動販賣機卻是有電，能夠提供商品販售，雖說真的很詭異，不過販賣機內的商品種類非常豐富，甚至連熟食也有。

看到按鈕上面的烤肉串圖片，賴文善的肚子下意識發出飢腸轆轆的聲響。

他紅著臉，很不好意思地瘋狂按烤肉串的按鈕，直到心滿意足為止。

這些自動販賣機不需要投錢，所以沒有投幣口，取而代之的是上頭掛有寫著「便利商店」四個字的塑膠袋，超級方便。

最終，賴文善提著兩大袋物資往回走。

「不知不覺就拿了一大袋烤肉串……」

賴文善嘴裡叼著剛嗑乾淨的竹籤，不斷自我反省，但坦白講他並不後悔。

在快到涼亭的時候，幾滴雨水落在他的鼻尖，冰冷刺骨到讓他忍不住顫抖。

「好、好冰！」他抬起頭看著沒有半片雲的天空，「是要下雨了嗎？」

才剛說完沒多久，天空突然就下起傾盆大雨，嚇得他趕緊用盡全力跑回涼亭。

雖然距離沒有很遠，他也只淋了幾秒鐘的雨，但還是很狼狽。

「嘖，有夠倒楣。」

賴文善脫掉溼答答的衣服，擰乾後掛在旁邊。

幸好涼亭夠寬，雨水不容易噴進來。

「哈啾！」賴文善打了個噴嚏，吸吸鼻子，從塑膠袋裡拿出醫療用品。

雖然自動販賣機裡只有繃帶和用來消毒傷口的酒精，但至少還能湊合著用。

趁楊光還半睡半醒，賴文善主動把他的衣服脫掉，小心翼翼處理那些傷。流血的小傷口不是很多，反而大部分都是瘀青，這讓賴文善越看越火大。

「該死，早知道就先把那些傢伙揍一頓再走。」

竟然把楊光這麼漂亮的身體打成這樣，他真的氣到不行，不過「A」已經代替他去找那些人報仇，所以心裡稍微好過一點。

想到這件事，賴文善不自覺地半垂雙目，陷入困惑。

好奇怪，明明初次見到「A」的時候那麼害怕，但剛才的那個「A」，似乎沒有讓他產生恐懼或危險的念頭。

他沒辦法解釋為什麼，因為他怕找出原因後，他會覺得自己變得更像個怪物。

「唔呃……文善？」

「醒了？」

賴文善聽見楊光的聲音，便抬起頭。

楊光眨眨眼，睡眼惺忪地看著賴文善，突然朝他伸出手臂，把人緊緊抱在懷裡，賴文善也因為他突如其來的舉動而重心不穩地往他身上倒過去，就這樣壓著他躺在地上。

「痛！」

「沒事吧！誰叫你突然拉我……」

賴文善聽到楊光痛苦呻吟，嚇得臉色鐵青，就怕自己又撞到他的瘀青部位。

楊光自嘲地哈哈大笑，身體雖然很難受，但是賴文善關心他的聲音卻讓他很快就把難受的事忘得一乾二淨。

「既然醒了就把止痛藥跟消炎藥吃下去。」

「藥？你從哪拿來的？」

「看來你沒聽到我說要去便利商店的事。」

「呃……」楊光仰躺在地上，盯著涼亭看，「你說這裡有便利商店？」

他的反應跟他差不多，所以賴文善便慢慢把自己的發現，以及對於這座庭院產生的微妙感，全部說出來。

楊光盤起雙腿，讓賴文善坐在他的大腿上。

他一邊吃著賴文善遞過來的烤肉串，一邊把藥吃下去。

「你才睡沒多久，沒事嗎？」

明明只有休息不到半小時左右的時間，可是楊光的精神卻異常好，讓賴文善覺得有些奇怪，深怕他是不是在勉強自己。

楊光嚼著肉塊回答：「啊……沒事，我睡著的時候夢到『智蟲』，他強行餵我吃了個蟲卵，說是能恢復我在夢裡面受到的精神傷害。」

「精神……傷害？那是什麼意思？」

「我再怎麼說都是闖入者，跟原本就是角色的他們不同，精神上會受到一定的損傷。『智蟲』說是想要彌補我才幫助我快速修復精神，只不過身體的傷他就無能為力了。」

「哈！他是該幫忙。」

「別這樣，如果不是『智蟲』，我也沒辦法去夢裡找你。」

「……傷口很痛嗎？」

賴文善悶悶不樂地問。

看到他生氣又傷心的複雜表情，楊光只覺得可愛到不行。

當然，他不會老實說出來，賴文善肯定會因為害羞而從他懷裡逃走。

「不痛，一點也不。」

「就只會逞強。」

「我真的沒事，所以你別皺眉。」

賴文善嘆口氣，因為他知道楊光是為了不讓他擔心才這麼說。

「秦睿還沒回覆我，不知道他們那裡是不是也很危險。」

「嗯……我覺得這次的攻擊應該是很早之前就規劃好的，如果不是縝密的計畫，加上內應外合的話，智蟲陣營的防線也不至於被打破。」

楊光垂眸，口氣十分嚴肅，而聽到他這樣說的賴文善，反而驚訝地瞪大眼睛。

「你的意思是，申宇民身邊有叛徒？以那小子的個性，絕對不會容忍吧！」

「嗯，不過現在沒有時間去把人找出來，就算知道對方會趁這場混亂逃走，也沒辦法分心去處理叛徒的問題……但就像你說的，申宇民絕對不會善罷干休。」

光是想像申宇民會有多麼不爽，甚至要用什麼方式去處置叛徒，都讓人冷汗直冒，即便申宇民還只是個學生，可是他卻比其他成年人都要來得冷血。

「我們要回去找其他人嗎？」

就算知道申宇民不會讓秦睿出事，但他還是有點擔心。

楊光摸著下巴思考，「……不，暫時跟其他人分開反而比較安全。」

「那你覺得我們要在這裡待多久？還是要等秦睿跟我們聯絡再回去？」

「我覺得至少要二、三十分鐘……雖然我很想這樣說，但我沒見過這座庭院，而且這附近的地圖和我記憶中不太一樣，讓我有點在意。」楊光邊說邊還四周圍，「雖然現在看起來好像沒有危險，但不能保證百分之百安全。」

「你的意思是，這座庭院是突然冒出來的？」

與記憶中不同的地圖，以及他在進入這座庭院時感受到的不安氣息，讓賴文善很快就能認同楊光心中的疑慮。

楊光解釋道：「這裡還在智蟲陣營的據點範圍內，據我所知，據點裡並沒有這座庭院。」

「這地方老是給我一種毛骨悚然的感覺，好像來到陰森森的墓園，讓人很不舒服，要不是別無選擇，我也不想進來。」

「有我在，就算有喪屍從泥土裡爬出來，我也會保護你的。」楊光更用力地抱緊他，「再等個分鐘就好，一旦我吃下去的藥開始發揮作用，我們就離開。」

大雨仍籠罩整座庭院，萬幸的是，雨勢正在慢慢緩和。

兩人一邊吃著烤肉串補充體力，一邊等楊光的身體不再那麼難受、傷口順利止血後，才走出涼亭。

雨停後的庭院，溫度變得更低，甚至起了白霧，雖然不影響視線，但賴文善總覺得被霧包圍著的那些雕像，似乎在動。

就像是活著一樣。

霧很快就散去，停留時間比預期中短，不知道是不是因為產生錯覺的關係，賴文善總覺得有些雕像頭面向的方向似乎和之前不同。

視線，似乎都集中在他們身上。

賴文善冷汗直冒，不敢再盯著他們看，無意識低頭的他意外發現另外一個奇怪的景象。

庭院中的大理石走道，因為雨水的關係而顯現出一條條格線，這時才能看清楚，原來走道是透過許多正方形的大理石磚拼湊而成的。

由於這些石磚接合處不明顯，所以很難去注意到。

卡在隙縫中的雨水反射月亮的白光，形成光的線條，自然地將道路切割成一塊塊。原本植物就很少的庭院，看起來就像是大型棋盤，而那些雕像就像是棋盤上的旗子，等候主人發號施令。

賴文善驚訝於這座庭院的造景藝術，這才明白為什麼會有這麼多令人毛骨悚然的雕像。

「這個地方真的越看越詭異。」

漂亮跟恐怖，是兩回事。

如果這裡只是「普通」的庭院，賴文善自然不會產生這種想法，但是他跟楊光都很清楚，這裡是《愛麗絲夢遊仙境》的世界，任何場景都不可能是單純的名勝風景。

「我們還是趁現在離開這裡吧？」

賴文善輕輕拉扯楊光的衣服，聲音有些顫抖。

楊光握住他冰冷的手，點頭回答：「嗯，跟我來。」

他們很快就做出離開庭院的決定，然而，這座庭院就像是知道他們打算離開似地，在他們走出涼亭、踏上大理石走道後的瞬間，地面突然開始劇烈震動。

強烈的地面搖晃，讓兩人覺得自己就像是在震央正上方，甚至無法讓人安然無恙地行走。

楊光緊摟著賴文善，和他一起靠在涼亭旁邊，勉強支撐住身體。

耳邊嗡嗡作響，持續十幾秒時間後隨著地震停止而消失。

接著，庭院各個方向傳來一陣陣爆炸，接著人們從樹林裡跑出來，逃命似地進入庭院。

「媽的！為什麼這裡會出現『A』！」

「誰知道啊！還不快點跑！」

距離最近的一群人，連聲抱怨，完全沒有注意到涼亭旁的他們。

賴文善聽到他們說的話之後抬起頭，果然看到在樹林縫隙中搖晃著的巨大黑色身影，它們在把人逼近庭院後就立刻放棄，像是失去目標般，挪開視線並慢慢離開。

其他幾群被趕入庭院的人，似乎也是同樣情況，因為到處都能聽見抱怨聲。

庭院本來就很安靜，所以這些人說的話更能清楚傳入賴文善和楊光的耳中，而在確認這個事實後，他們意識到情況不妙。

「A」很明顯是故意把能力者們趕入庭院，它們只不過是沒有自我意識，單純追逐並消滅目標的傀儡，所以絕對不可能有能做出這種行為的智商。

也就是說，「A」是受到某個人的指引而這麼做。

「你跟我想的一樣嗎？」

賴文善看向楊光，露出苦澀的笑容。

楊光用力摟緊他的肩膀，沒有回答，而是低頭靠在他的耳邊低語。

「庭院裡的雕像開始移動了。」

「什、什麼？」

聽到楊光這麼說，賴文善立刻伸長脖子觀察。

果然就跟楊光說的一樣，雕像們突然往左右兩側集中，就像是在整頓。

情況越來越詭異，也越來越像是棋盤的開局，這可不是什麼好事。

其他能力者似乎也有發現這些奇怪的雕像，但因為它們僅僅只是移動位置而已，所以並沒有放在心上。

現在他們的注意力全在「A」身上，根本不在意這座的怪異情況庭院。

很快的，這群能力者們就在面積不大的庭院裡發現到其他人的存在，一見到彼此就像是見到仇人般，二話不說直接打起來。

「媽的！你們這些傢伙怎麼在這？」

「是入侵者！快把他們抓起來！」

多虧這兩句對話，賴文善很快就知道這些能力者的身分。

「該死，是闖入智蟲據點的其他陣營？楊光，我們先離遠點，免得被波及……楊光？」

賴文善原本想拉著楊光遠離戰場，可是楊光卻愣著不動，直勾勾地看著打起來的能力者們。

賴文善不安地大聲喊他，甚至還用力朝他的後腦勺揍下去。

「楊光！」

「痛！」

「你到底看到什麼了？」

「……沒什麼。」

楊光心虛地挪開視線，但這麼做並沒有讓賴文善放棄質問，反而變得更加在意。

他冷眼盯著楊光，「你不說我就賴在這不走。」

「文善，你別鬧脾氣，這裡很危險。」

「你老實回答我的問題不就得了？」

「呃、知道了……」楊光搔搔頭，「我看到瘋帽的人。」

「什麼？難道又是沈業求那該死的混帳！」

楊光沒回答，所以賴文善很肯定讓楊光突然愣住不動的罪魁禍首，就是那個該死的男人！

「那傢伙怎麼會在這？」

「……不知道，但看樣子入侵智蟲據點的人，應該就是三月兔跟瘋帽。」

「啊啊啊！真該死，我真的超級不想見到那傢伙的說！」

賴文善並不是因為討厭才不想看見沈業求，是因為他怕自己會忍不住想要殺死對方，尤其是現在他的能力變得比之前更強，更容易取人性命，要是一個不小心，他就會變成殺人凶手。

「別管那個沒良心的混帳，我們先到旁邊去……」賴文善一邊拉扯楊光的手臂催促，一邊抬起頭碎碎念，然而，剛和楊光對上視線的賴文善，卻突然愣住。

他冷汗直冒的看著楊光，而知道他為什麼會露出這種表情的楊光，則是無奈苦笑。

「抱歉，我要成為你的拖油瓶了，文善。」

楊光的瞳孔，恢復原本的顏色，不再發光。

這表示他的能力現在是處於未啟動的狀態，無法戰鬥。

賴文善迅速回神，用力握緊抓住他的手，不在意地回答：「我來保護你。」

沒錯，就算楊光現在暫時沒有辦法使用能力也無所謂，因為過去的他也曾經像現在這樣，保護著沒有半點能力的自己。

現在只不過是立場反轉，並沒有任何改變。

他會用行動證明，自己並不是一個無法保護喜歡對象的沒用男人。

Chapter 09
棋局

「你的能力怎麼會突然消失？時間應該還沒到才對吧。」

「我也不知道，以前沒發生過這種事，我也沒聽說過……」

「難道說這是其他能力者的搞的鬼？」

「不，沒有這種能力。秦睿說過現在沒有能夠消除或是強制關閉對方能力這種開外掛的能力者存在。」

「那你為什麼——」

賴文善很擔心自己是不是有什麼遺漏、沒發現到的問題，雖然他的能力還在，足以保護他，但明明兩人啟動能力的時間長短差不多，而睡前才做過好幾次的他們，按道理來說應該還沒到能力消失的時間點，種種疑慮讓他沒辦法不去重視這個問題。

忽然，其他能力者也開始一個個發出不安的驚呼聲。

「該死！怎麼回事？」

「我、我沒辦法使用能力了！」

「是哪個混帳傢伙在搞鬼！」

賴文善聽見其他能力者慌張的聲音後，立刻轉頭觀察其他人的狀況，赫然發現所有人都跟楊光一樣，能力突然消失不見——不，更正確來說，是被強制「關閉」了。

由於所有人都沒經歷過這種情況，所以都開始慌張起來。

然而，給他們的時間並沒有很久，因為庭院邊緣處的樹林裡面，突然聚集許多眼睛發光的怪物。

它們沒有踏入庭院，只是在周圍徘徊，就像是在等他們出來。

沒有能力、無法跟怪物戰鬥的能力者們，全都成為待宰羔羊，被困在庭院裡無法離開。

很顯然，怪物們是故意這樣做的。

慢慢開始釐清狀況的賴文善，看見眼前的大理石磚頭路上出現金色文字。

"You shouldn't be here."

賴文善彷彿可以從這段文字裡感受到氣憤的口吻，果然，這座突然冒出來的陌生庭院，是角色們暗中搞的鬼。

他轉頭向楊光確認：「是不是只有我的眼睛還亮著？」

楊光觀察其他能力者的眼部顏色後，擔心地皺眉。

「沒錯……其他能力者的狀況都跟我一樣，唯獨你例外。」

賴文善可以感覺得到自己的能力是否有沒有消失，相對地，其他能力者也一樣。眼睛發光不過是一種證明，對能力者本身來說沒有其他特殊意義。

也因為這樣，現在他的處境變得有些微妙且危險。

不論其他能力者知不知道他就是「愛麗絲」，光是他還擁有能力、成為這種情況中的唯一例外，就足夠在其他人心中埋下懷疑的種子。

即便他能使用能力保護自己，但人數差距足以讓他跟楊光成為眼中釘。

賴文善哈哈苦笑道：「我也是現在才知道，原來角色們無法干涉『愛麗絲』的能力，現在這樣反而有點不妙。」

楊光不解地說：「角色們應該知道他們能不能阻斷你的能力才對，如果說他們想要把能力者們全部趕進陷阱，一口氣關閉所有人的能力，就不可能把你捲進來。」

「從剛才顯示出的文字來看，他們大概沒有料到我會出現在這。」

「你又看到金色的句子了？」

「嗯，翻成中文是『我不應該在這』。」

「這樣啊……」原本還有些懷疑的楊光，此刻口氣變得十分肯定，「你的出現並不在他們的計畫之中，但他們卻沒有發現你……也就是說，你吃了糖果？」

「我確實有吃。」多虧楊光反應極快，賴文善這才想起自己在去自動販賣機之前曾吞過糖果的事情。

原來如此，怪不得角色們沒有發現他。

那顆糖果雖然難吃到不行，但效果確實不錯。

「看來糖果的效果很不錯，可是時間是不是有點短？」

「呃，對。這樣算算應該只有一個小時半左右？抱歉，我沒有特別留意時間……只能推敲個大概。」

楊光搖搖頭，「沒關係，至少我們知道糖果的附加效果維持時間很有限。」

「如果說搞出這場混亂的那些角色們，故意慫恿睡鼠拖延我，不讓我跑到這座庭院來，是因為知道我的能力不能被強制關閉的話，反過來說，我的存在很有可能會出現變數。」

「沒錯，所以你要更加小心。」楊光邊提醒邊嘆口氣，煩躁地搔頭：「真麻煩……為什麼要特地製造陷阱捕捉其他能力者？他們以前從沒做過這種事。」

賴文善看著包圍在庭院外面的怪物說：「我也不清楚，但我覺得沒有必要知道。畢竟去揣摩那些角色的想法對現在的情況沒有任何幫助。」

那些畢竟是「怪物」，原本就沒辦法為牠們的行為作出解釋，就像那隻沒有攻擊他們的「A」一樣，令人搞不懂。

但，可以肯定的是，角色們故意慫恿其他陣營，假借協助的名義，勾起陣營間的鬥爭，讓他們互相殘殺，甚至把部分能力者拐進庭院——也許他們是因為有趣才這樣做，或是喜歡玩弄其他能力者、看他們自相殘殺。

無論理由是什麼，現在他們都得想辦法盡快離開庭院。

彷佛宣告遊戲開始，從天空墜落的兩顆巨大骰子，砸向庭院。

「呃啊！那是什麼鬼東西？」

「快點閃開！」

「媽的別擋路！」

能力者們被突然冒出來的巨大物體嚇到，尤其是待在骰子正下方的人，更是嚇得臉色蒼白，迅速往兩側撤離。

骰子看起來是用石頭雕刻而成的，堅硬卻又具有彈性，掉落在庭院的草地上之後還能反射性地彈跳幾次，距離骰子最近的幾名能力者為了活命，四處逃竄，直到它完全停止才疲倦地跌坐在地。

因為這場騷動，能力者們各自四散，現在他們也顧不得彼此是不是同陣營的人，保住自己的命才是最要緊的事。

賴文善和楊光所待的位置並沒有受到骰子影響，所以他們和部分能力者只是作為旁觀者，靜靜觀察停止不動的兩顆骰子。

呈現正立方體的骰子約有兩個成年人的高度，個別刻著不同的符號。

一顆是普通的六面骰，以阿拉伯數字呈現，這點倒是很方便辨認；另外一顆則是純粹的圖樣，有皇冠、馬頭，還有幾個比較難辨認出來的，雖然有一面壓在地上，無法確認，但可以確定骰子六面不同圖。

骰子出現後，並沒有發生什麼特別的狀況，所以能力者們鼓起勇氣圍過去看。

賴文善和楊光仍待在遠處觀察，因為他眼睛發光的模樣如果被其他能力者看見，反而會讓事情變得更棘手。

在剛才的混亂中，賴文善發現其他能力者在慌忙逃跑時遺落的鴨舌帽，隨手撿起來戴上，雖然阻擋的效用不大，但至少比什麼都沒遮來得強。

「這東西到底從哪冒出來的？」

「誰知道……總之還是別靠太近比較好。」

「嘖！徘徊在外面的那些怪物真的很讓人不爽。」

不知道是不是因為安靜很長一段時間，沒出現什麼問題，能力者們慢慢鬆懈下來。

他們看不見骰子的上方，也沒聰明到能判斷出上面是什麼數字跟圖形。

就在這看似安全、沒有任何事情發生的情況下，突然傳出尖銳的慘叫聲，把所有人嚇了一大跳。

當他們聽見聲音後，立刻提高警覺，往慘叫聲的方向看過去，這才發現事情根本沒有他們想的那樣簡單！

鮮紅色的血，噴濺在乳白色的雕像上面。

臉上被紙張遮住的雕像，不知道為什麼居然自行動起來，並徒手貫穿了一名能力者的胸膛，將他的心臟挖出後捏成稀巴爛。

在第一名能力者死亡後，接二連三又從其他方向傳出慘叫聲。

能力者們開始緊張起來，心情不再平靜。

除第一個被雕像殺死的能力者之外，另外又有三名能力者被雕像攻擊，死法全都一樣。

正當所有人以為雕像活起來，試圖選擇逃跑的時候，這四座染血的雕像站在被殺死的屍體旁邊，重新擺回原本的姿勢，不再行動。

「什麼鬼？」

「這、這些傢伙到底想幹嘛！」

「不行不行！我待不下去！」

一名受不了這種窒息氣氛的能力者，想要離開庭院逃進樹林，卻被身旁的同伴拉住。

「你想死嗎？樹林裡都是怪物，你現在沒能力是想怎麼逃出去！」

「不管怎麼樣都比待在這個地方來得強！」

這名能力者的身材本來就比較強壯，他推開阻攔自己的人，頭也不回的跑進樹林，很快就消失蹤影。

同伴們十分緊張的看著他消失的方向，因為遲遲沒聽見聲響，便自行判斷那個男人應該是順利逃出去了。

「好、好像沒事欸？」

「那我們要不要也……」

正當他們產生渺小的希望時，突然有個黑色物體從樹林的方向扔進庭院。

物體有著難聞的臭味，並慢慢地滾動到這些能力者面前。

看清楚這是什麼東西的能力者們，全都嚇得臉色蒼白，迅速後退，遠離樹林。

那是顆人頭，而且是剛才跑進樹林裡的那個男人的頭。

衝擊的事實讓所有人明白，他們無處可逃，就只能被困在這座詭異的庭院裡。

看到這一切的賴文善，恐懼地扯住楊光的衣服，而楊光卻不在意那顆頭的問題，反而全神貫注地觀察那兩顆骰子與雕像。

因為沒有人敢靠近染血的雕像，所以楊光很輕易就能靠過去仔細看。

賴文善臉色鐵青地跟著他，透過楊光觀察的視線，慢慢意識到他在想什麼。

膽子十分大的楊光，似乎很確定雕像不會攻擊，甚至近距離觀看雕像臉上的紙張，隨後他又爬上涼亭，藉由高度看清楚骰子上方顯示的數字與圖樣。

站在底下等他的賴文善有些緊張地看著楊光手腳俐落地跳回自己身邊後，再次緊緊抓住他的衣服追問：「你發現什麼？」

楊光點點頭，「原本我只是有點懷疑，現在可以確定了。」

「別賣關子，快告訴我。」

楊光指著巨大骰子說：「那顆骰子上面的圖，是西洋棋的代表符號，而且那些雕像臉上的紙也畫有同樣的圖形。」

「西洋棋？」

「我以前玩過一段時間，所以知道。大部分的人應該很難想到跟它有關。」

「你、你還真厲害。」

「下次我教你玩。」楊光溫柔地親吻賴文善的額頭，安撫他緊張的心情後，繼續說下去：「總而言之，骰子骰到的圖樣跟剛才突然動起來的雕像是一樣的，而另外一個骰出數字的骰子，也符合被殺死的能力者人數。」

賴文善雖然不懂西洋棋，但理解力不差。

他聽完楊光的解釋後，小心翼翼地問：「難道說……那兩個骰子個別代表『可以移動的棋子』和『死亡人數』嗎？」

「嗯，應該是。」楊光抬起頭，觀察其他能力者的反應。

有些人似乎也已經注意到骰子骰出的數字跟死亡人數有關，只是西洋棋和雕像的關聯性，似乎沒有人注意到。

腦袋還清楚、可以冷靜分析的能力者們，都是用爬到高處的方式來確認骰子骰出的數字，畢竟都是被困在這裡很長時間的人，多少還是具備一定的判斷能力，冷靜下來的速度也特別快。

死亡對他們來說並不是什麼稀奇的事，屍體與鮮血，還有隨時會出現的怪物，若無法習慣這些血腥的東西，想在這個地方活下去簡直是天方夜譚。

根據這兩點，楊光和賴文善可以推敲出這座庭院的模式。

骰子骰出的數字為這回合的死亡人數，骰到的圖形則是可移動的西洋棋種類。

剛才骰出來的是「主教」圖形，而只能斜線移動的雕像攻擊的，正好也是位於斜線方向的能力者。

若不是熟悉西洋棋種和骰子模式的話，就無法判斷要怎麼在這座庭院裡生存，雖然知道要怎麼做才能結束，但至少可以先確定活下去的方式。

「那是什麼！」

就在其他人專注於骰子和屍體的時候，有幾個能力者發現從天空降下來的巨大手掌，嚇得大叫。

手掌雖然是透明的，奇怪的是所有人都可以清楚看到它，這隻手無視於那些大吵大鬧、對它產生敵意的能力者，輕而易舉撿起骰子，捧著它們慢慢往空中移動。

它並沒有升高到看不見的位置，反而像是故意讓人看見它，直接就在所有人面前擲出兩顆骰子。

咚咚咚、咚咚！

骰子再次墜落，能力者們也再次閃開。

所有人心驚膽顫地看著骰子停下來，倒抽口氣。

因為不清楚骰子的六面構造，所以沒辦法判斷現在擲到的是哪一面圖樣。

給他們思考的時間也沒有多少，因為當骰子停下來的瞬間，幾個雕像突然用超快的速度筆直向前衝。

還沒回神，甚至連雕像的影子都沒看見，被劈開的人就已經一分為二。

雪白的雕像再次被染紅，而它也在殺死一個人之後再次回到原來的姿勢。

這回合死亡人數，只有一人。

對他們來說這是不幸中的大幸，但結束的速度卻快到讓人無法接受。

那隻手並沒有給他們足夠的時間緩和，它再次拿起骰子，擲出。

這回合，它連續骰了三次，由於扔擲的速度太快，導致所有人根本沒來得及看清楚骰面，但這並不影響雕像們的行動。

事情發展得十分迅速，雕像們開始瘋狂地根據骰子擲出的數字殺人。

庭院一片混亂，伴隨著空氣中的刺鼻血味、從四處傳來的慘烈尖叫聲，以及不斷擲骰的透明巨掌，很快地，能力者的人數就銳減到只剩下個位數字。

賴文善和楊光以及倖存的幾名能力者知道，躲起來或是跟雕像保持距離都沒有任何作用，他們只能像是被困在漁網中的魚群，只能靜靜等待死亡。

雖然只剩下沒多少人，可是擲骰的速度卻絲毫沒有減緩，直到所有骰面都搭配了殺人數字為止，手掌才消失。

但，這對倖存下來的人來說並不是什麼好事。

所有的雕像都開始以他們為目標集中靠近，全身都是鮮血的它們，無疑就是從地獄來的惡鬼。

賴文善知道這樣下去他跟楊光都不可能逃出去，人數減少表示他們被攻擊的機率變高，現在所有雕像都因為骰子的關係，能夠自由行動，他們根本無處可逃。

「文善！」

楊光從側邊撲向賴文善，用手臂環住他的背，護住他的同時將人整個帶離原位。

賴文善猛然回神，發現楊光咬牙切齒、臉色鐵青的表情，立刻意識到自己犯下大錯。

他不該分心！

「楊光！」

「唔……」

兩人閃避空手橫掃過來的雕像後，楊光痛苦地跪在地上。

摟住賴文善的那隻手，不由自主地下垂，並且迅速被鮮血覆蓋。

賴文善看見楊光皮開肉綻的手臂，知道這是為了保護他才受的傷，心疼又擔心。

「對、對不起……都怪我不小心……」

「沒事的。」楊光大口喘氣，明明臉上血色漸失，也沒有一絲責怪賴文善的意思，甚至反過來安撫他，「……我沒事，不要太擔心了。」

對他們發動攻擊的雕像是兵（Pawn），雖然只能直走，但也只能攻擊左前或右前方的棋格。他們剛才不巧站在它的攻擊路線上，但只要移動到安全的棋格裡就不會有事。

對西洋棋有一定程度了解的楊光，能夠帶著賴文善安然無恙存活下來的原因，就是因為他能夠透過雕像的棋類來判斷安全位置。

庭院它們的棋盤，只要照著規則走，就算雕像們會殺人、能夠自由移動，也有辦法可以閃避攻擊。

但，就算他們可以躲過攻擊，也並不代表能夠平安無事。

楊光知道其他存活下來的能力者們，應該都是跟他一樣了解西洋棋規則的人，可是如果不盡快找到突破口的話，即便知道這些棋子的路線和攻擊位置也沒有任何幫助。

當楊光在思考這件事的時候，兩名能力者被雕像徒手撕碎，並停止攻擊。

就算每回合殺死能力者的雕像就會停止不動，但雕像的數量比他們的人數還多，所以根本就不會有什麼影響。

賴文善撕碎自己的衣服袖子，用力綁在楊光手臂傷口上方。

雖然他也可以直接操控楊光身體裡的血液，替他止血，但旁邊還有其他能力者在，而且還是三月兔跟瘋帽的人，就算是有零點零一的可能性，他也不能把自己能力提升的情報洩漏出去。

不過，在他做好這個臨時止血措施後，他就可以利用這個做為煙霧彈，利用能力替讓楊光的傷口不再流血。

雖然沒有治癒能力，但他能操控血液中的血小板來加速凝血速度，至少可以讓楊光不再繼續失血。

在賴文善這麼做之後，他突然像是驚醒過來般瞪大眼睛，看著自己的手掌。

他是怎麼知道自己能這麼做的？

這種感覺很奇怪，明明直到剛才為止，他僅僅只知道自己能夠控制「生物體內的血液」而已，可是現在卻很明顯感覺到，他的能力改變不只如此。

賴文善不安地顫抖著，最後他決定暫時不去想這件事，先以保護楊光為重。

「抱歉，我只能先這樣做。」

「這樣就好。你別太擔心，我沒事。」

楊光並沒有注意到賴文善做了什麼，也沒察覺到他內心的想法與恐懼，只是摸摸他的頭安撫。

「……現在庭院裡的能力者已經沒剩多少人，所以我應該沒有必要再隱藏能力了對吧？」

意識到他想做什麼的楊光嚇了一跳，迅速抬起頭。

原本想立刻開口阻止，可是賴文善卻已經獨自衝出去。

「文善！」

因為剛才的傷口加上之前受的傷，楊光根本沒有力氣阻止賴文善，只能擔憂地大喊他的名字。

當然，他的聲音也連帶吸引到其他能力者的注意。

所有人看著低頭往前衝的賴文善，逼近其中一個棋子正後方，踏過被鮮血染紅的大理石地面時，壓低身體讓指尖迅速滑過血跡。

瞳孔瞬間散發出強烈的光芒，在被夜色壟罩的庭院裡，十分耀眼。

其他能力者意識到賴文善的能力並沒有被強制關閉，這讓他們感到驚訝，然而接下來眼前出現的情景，更讓所有人震驚到不行。

靜靜灘在地面的鮮血，就像是能夠任人塑造的液體，從四面八方朝賴文善的位置凝聚。

被雕像撕碎的那些屍體，就像是血液被人瞬間抽乾，周圍沒有半滴紅色液體，甚至沒有鮮血的鐵鏽味殘留。

失去血液的屍體雖然不至於像個沒有半點水分的乾屍，但仍能透過皮膚的凹陷看出一些端倪。

聚集到賴文善身旁的鮮血，就像玻璃珠飄浮在他周圍，沒過幾秒後開始抽動、改變形體，自行揑造成竹籤一樣的尖銳物體。

正當所有人懷疑這樣的東西是否真的能夠攻擊得了雕像時，賴文善向後抬起手，將掌心向上，輕輕勾動手指。

血紅色的尖刺以眨眼速度集中衝向目標雕像，在所有人面前被破壞，成為沒有任何用處的水泥塊，散落在棋盤上。

用來作為攻擊用的血液並沒有恢復原樣，也沒有半點損傷，在完成賴文善的指令後回到他身旁。

賴文善彷彿確認般地看著被自己粉碎的雕像，等候一會，確定它沒有任何復活的跡象後，故意站在雕像們的攻擊路線上。

其他能力者們有意識地避開，除保命之外，還有就是他們看出賴文善想要做什麼，故意配合他。

果然，雕像們在感受不到攻擊棋格中有目標之後，自然而然就往賴文善的位置集中靠近。

而這，也成功順了賴文善的意。

所有衝向他的雕像，很快就進入他的攻擊範圍，也就是血液彈珠飄浮的區域。

這些血液彈珠並沒有因為受到雕像的衝撞而毀損，反而是在被打散成水灘狀態後突然變成網子，將它們套住。

本來就沾有死去能力者們的鮮血的雕像，雖然不會因為血液形成的網子而被攔截下來，可是身上沾著的血卻滲透到它們的底部，像強力膠一樣黏著大理石地板不動。

無論雕像如何掙扎，都無法擺脫血液的黏性。

所有的雕像都一樣。

大量殺害能力者的雕像，沒有一個不沾有鮮血，換言之，它們全都成為賴文善的「可控對象」名單之中。

能力者的人數確實比雕像少，即便是保有原本活著的人數，也不見得能夠對抗得了這些雕像，但隨著人數減少、庭院累積的鮮血慢慢增加，唯一沒有被剝奪能力的賴文善，漸漸佔上風。

他本來是打算在其他人都被殺死後再行動的，然而楊光被攻擊、變得越來越虛弱，這讓他無法繼續等待。

賴文善抬起頭，銀白色的雙眸反映出冰冷的月色，操縱鮮血的他，面不改色地將庭院中所有的棋子破壞殆盡。

能力者並不會因為過度使用能力而感到疲勞，只要你的腦袋足夠清醒，有辦法操控得了自己的能力，那麼，你就能成為最完美的「武器」。

「……怪、怪物。」

在雕像被破壞，庭院恢復寧靜，只剩下人們微弱的呼吸聲時，一句像是沒經過大腦思考，反射性脫口而出的話，清楚地傳入賴文善的耳中。

他轉過頭，看著說出這句話的能力者，卻發現對方在和自己對上眼之後，嚇到臉色蒼白。

正當他疑惑自己哪裡可怕的時候，突然感覺到臉頰冷冰冰的，下意識地用手指去碰觸。

看著沾在指尖上的鮮血，賴文善這才明白自己此刻是什麼模樣。

為了完美控制，他將鮮血全部召集到身邊，在周圍形成最強大的攻擊網的同時，卻遺忘自己也被血液包覆在其中。

此刻的他，全身沾滿別人的鮮血，但本身卻絲毫沒有半點損傷。

這也難怪會有人嚇到說他是怪物。

賴文善並不在意那個人的想法，他拉起上衣擦掉臉頰的鮮血後，快步回到楊光身邊。

虛弱的楊光用他所剩不多的體力，無視那些噁心的鮮血，緊緊抱住他。

「下次別再這樣做，一想到你要是出什麼事，我的心臟就嚇得快要停止了。」

賴文善勾起嘴角，靠在楊光的懷中。

他原本想說些什麼，然而事情卻並不順利。

像是知道庭院的棋局被強行破壞，原本徘徊在庭院周圍的怪物們突然衝進來，開始對倖存的能力者們進行大屠殺。

牠們很顯然不打算留任何活口，而他跟楊光也很快就成為這些怪物們的攻擊目標。

「不准靠過來！給我滾！」

賴文善操控鮮血，讓這些衝過來的怪物體內血管爆裂開來。

怪物們一個個七孔流血，倒地不起，賴文善也趁這個機會扛起楊光，往樹林裡狂奔。

身後傳來倖存的能力者們的慘叫聲，但他完全不打算回頭。

在樹林裡徘徊的怪物數量太多，他們很快就又被另外一群怪物阻擋去路。

「嘖！該死……」

賴文善咬牙切齒，正當他打算用同一招把怪物們迅速解決掉的時候，這些怪物竟突然慢慢安靜下來，並默默往後退，直到完全沒入樹林的陰影裡為止。

他仍能看到這些怪物在陰影中閃閃發光，注視著他們的眼睛，但奇怪的是，牠們都沒有要攻擊的意圖，反而有種在提防他的感覺。

怪物們的行為，令賴文善困惑，同時也產生一種莫名的厭惡感，很快地，他的疑問得到了答案。

一隻「A」站在他們前進的路上，雖然它看起來是要往其他方向走，卻不知道為什麼轉過頭盯著他們看。

——不，更正確地來說，是盯著「他」。

就如同之前那樣，「A」無視他們並慢慢地離開，而徘徊在周圍的怪物群也不知道什麼時候消失不見。

儘管這一切看起來令人費解，但現在的賴文善根本沒心力去思考這些問題，在確認怪物與「A」都不在附近後，繼續攙扶著虛弱的楊光往前進。

最終，他們順利離開樹林，回到智蟲作為據點的建築物。

原以為來到這裡之後就能安心，但並非如此。

建築物周圍全是屍體，外牆、內部也都血跡斑斑。

賴文善無法分辨這些屍體是哪個陣營的人，這讓他內心十分焦急，他必須盡快確認據點內部的安全狀況，盡快讓楊光接受治療！

他暫時讓楊光靠牆休息，拿出手機查看能力者的分佈位置，果然如他所料，據點內部還有人，光點移動的速度很緩慢，而且僅限在某個區域，雖然從移動方式來看，不太像是敵人的樣子，可是他也得考慮在那個區域裡的人，會不會是被三月兔挾持的人質。

各種情況都有可能，所以他不能妄下斷論，走錯一步都有可能讓他跟楊光陷入危險。

以人數來說，三月兔和瘋帽全部加起來也只跟他們這邊差不多，想要找到足以輾壓對手的人力幾乎是不可能的事，但若是雙方戰鬥人數差不多的話，倒是可以拚看看。

這也就表示，三月兔有多麼想要得到「愛麗絲」。

「文、文善……」

「你醒了？」

賴文善聽見楊光喊自己名字的聲音，立刻蹲下來，著急地抱住他。

楊光緊緊摟著賴文善的身軀，像是要把他塞進身體裡一樣，可是失血過多的他卻因為有些使不上力，雙臂有氣無力地顫抖著。

當然，賴文善也有注意到。

他捧起楊光的臉，仔細端倪。

「你被打得那麼慘，又一下子流太多血，知不知道我有多擔心？」

「但我保護了你啊？我不後悔。」

「真是……你真的是個十足的傻瓜，我不需要你這樣奉獻自己來保護我。」

「天底下沒有一個男人會不想保護自己的戀人吧？」

「是啊！你說的沒錯，所以我也跟你一樣。」

楊光慢半拍意識到這句話也同樣套用在賴文善身上後，有些尷尬地苦笑。

但，心情卻很好。因為賴文善等於間接承認他們是戀人。

「我們現在在哪？」

「據點外面，可是我有點擔心裡面的情況。」

「放心，智蟲的據點沒那麼容易被佔領。」楊光邊說邊起身，雖然看起來有些無力，但勉強能夠撐得住。

賴文善扶著他，兩人一起慢慢往側門靠過去。

推開門走進去之後，可以聞到非常濃的血腥味，接著便是比外面還要多的屍體。

賴文善覺得這個畫面很反胃，但是一點害怕的感覺也沒有，不知道這種矛盾的心情，是不是也是受到這個世界的影響。

否則，他一個沒有親眼目睹過殺人現場的普通人，怎麼可能在看到這種場景後還能無動於衷，甚至利用自己的能力突破剛才的棋局。

現在的他，無暇去思考這些基本問題。

楊光環伺周圍，像是在找尋什麼，然而過於寧靜的大廳空間，讓他們沒能察覺到隱藏的危機。

搖搖晃晃升起的影子，突然化作長矛朝兩人的視線死角攻擊。

雖然沒看見動靜，但楊光卻以他那可怕的直覺注意到偷襲，急忙撲倒在賴文善身上，壓著他躲過去。

尖銳的矛擦過楊光的臉頰，差一點就割傷他的眼睛。

「什麼？那是⋯⋯申宇民的能力？」

「那傢伙的影子就像是他的分身，雖然不具有個體思考能力，但可以像個機器人一樣單方面聽從簡單的指令。」

「你的意思是，他命令影子攻擊踏入據點的人？」

「對，所以才會有這麼多屍體。」

影子長矛似乎意識到自己沒有殺死入侵者，隨即所有的影子像刺蝟般冒出數根尖刺，如繩子般甩向兩人。

賴文善沒想到辛苦回到據點後，還要遭受這種罪，氣得抱緊壓在自己身上的楊光，眼眸的光芒瞬間變得閃耀，隨即噴散在周圍的血液全部聚集過來，「啪」的一聲把所有刺向兩人的長矛打向天花板。

影子長矛貫穿有點厚度的天花板，砸出一個大洞後消失不見。

賴文善和楊光慢慢起身，看著搖曳不定的影子們仍沒有放棄攻擊的意思，打算再次發動攻擊。

「還真難纏……就跟它的主人一樣。」

「偷偷摸摸說人壞話的傢伙，也沒好到哪去。」

申宇民的聲音從影子裡傳來，接著那些作勢攻擊的影子鑽回地面，而操控它們的申宇民則是從牆壁上的影子裡走出來。

他雙手插在長衣的口袋裡，若無其事地掃視兩人。

「你跑去哪鬼混？」

「什麼鬼混……」

賴文善感到無言，雖然早就知道申宇民的態度很討人厭，但現在看起來比平常還要不耐煩的樣子，更讓人覺得不可愛。

真不懂，秦睿到底為什麼會喜歡這種小鬼。

「楊光有危險，我只是去找他而已。雖然後來確實有遇到一些麻煩啦。」他看了一眼地上的屍體後，尷尬地接著說下去：「楊光需要接受治療，剩下的事情等他治療好之後我再說明。」

他原本以為中宇民會很不耐煩地朝他咂嘴，沒想到這個傲慢的少年不但沒有這麼做，反而還帶著他們穿過影子通道，來到大樓上層的空間。

這裡很乾淨，完全沒有受到半點侵害、損傷，物資齊全、甚至還有數間能夠休息的隔間。

從聚集的人數來看，和他之前透過手機確認地圖時上面顯示的點差不多，不過智蟲原本的人數可不止這一點。

中宇民似乎看出賴文善的想法，突然開口說：「你別會錯意，部分的人被我派出去收拾善後，不在這裡，所以人沒那麼多。」

「呃，是嗎……」賴文善有些尷尬地搔臉頰。

「三月兔和瘋帽的人被我們殺得差不多，那兩個陣營的首領也已經落在紅心騎士手上，所以不需要擔心其他問題。」

「真的假的？」

中宇民瞇起眼，以威嚇的目光瞪向賴文善。

「你這是在質疑我說的話嗎？」

「我只是覺得很訝異，紅心騎士根本不想管智蟲的死活吧？他們不可能幫助你保護據點，睡鼠這邊的人也沒有能打的，都是精英的瘋帽和實力跟你們不相上下的三月兔聯手的話，就算智蟲再強也撐不住。」

「哈！」申宇民皮笑肉不笑地冷哼，並歪頭反問：「我為什麼需要其他人的協助？瘋了嗎？」

瘋子。

賴文善的腦海裡瞬間浮現出這兩個字。

照申宇民的回答，以及那令人反感的自信來看，他根本就沒把那兩個陣營放在眼裡。這也不奇怪，畢竟申宇民的力量確實很強。

原本操控影子就已經是很可怕的能力，而因為愛上秦睿的關係，讓這原本就很可怕的能力得到大幅度提升，也難怪申宇民的態度會這麼跩。

但他，還是很討厭這個混帳小子。

「到了。」

申宇民帶著兩人來到醫療用的隔間，這裡就只有一張床墊和簡單的桌子，以及幾瓶礦泉水。

早就在裡面等候的男人看起來嬌小纖細，他一看到申宇民出現就急忙起身，恭敬地彎腰行禮。

「首……首領……」

他的聲音聽起來有些顫抖，不過看上去不像是害怕的樣子，倒不如說他盯著申宇民的視線裡有些許地愛慕情感。

以申宇民的觀察力，他不可能沒注意到，但是卻很直率地選擇無視。

——不，應該說根本不放在眼裡嗎？

「替這兩個人治療。」

「是、是的。」男人點點頭，並指引賴文善和楊光到床墊坐下。

中宇民看著賴文善說：「等你治療好之後上樓找我。」

賴文善立刻意識到，原來中宇民特地把秦睿安排在不同樓層，怪不得沒見到人。

沒想到在這種時候，中宇民還想著要把喜歡的對象跟其他男人分開來，獨佔欲簡直可怕到讓人不敢恭維的地步。

為了治療而將楊光的衣服脫掉的男人，在看到傷口後倒抽口氣。

「傷口有點深，你們遇到怪物了嗎？」

「對。」楊光如實回答，但除此之外沒有說更多。

男人有些尷尬，他隱約感受到楊光不太願意聊天後，便專注於治療。

坐在一旁看著的賴文善，靜靜等待男人的治療結束，親眼確認楊光的傷口全部癒合後才終於放心下來。

「治療完畢，辛苦了。」

在楊光重新把衣服穿好的時候，賴文善有些好奇地問對方：「你的治療能力，像不僅僅只是讓傷口復原？」

男人嚇一跳，有些緊張地抿唇。

見他不願回答，甚至露出有些提防他的態度後，賴文善就不再多問。

如果說跟他猜想的一樣，那麼這個男人可能以前曾因為自己的治癒能力遭遇過什麼不好的事。

因為他的能力，是「徹底治癒」。

和謝恩維不同，他的能力可以清除掉病患或是傷者身上的任何損傷，包括斷臂、病毒，甚至是損失器官，或者失血過多的情況，全都能靠他的能力治癒。

果然，智蟲陣營不止是戰鬥能力很強，就連治療師也是數一數二的。

男人安靜地送走賴文善和楊光，他那乖巧、順從的態度，讓賴文善不由自主地回頭看了對方一眼。

楊光皺著眉頭，緊握住賴文善的手。

「你幹嘛那麼在意那個男人？」

「沒有啦，只是覺得他的能力很不錯。」

楊光嘟起嘴小聲抱怨：「……我的能力也很好啊。」

賴文善眨眨眼，忍不住笑出來。

「你現在是在吃醋？連這種醋都要吃，還真可愛。」

「既然知道就別在我面前稱讚別的男人。」

「知道了。」賴文善輕輕拉扯他的手，「總之我們先去找個有浴室的房間，把身體洗乾淨之後再去找申宇民。」

雖然傷口順利治癒，但他們全身都是泥土和鮮血，狼狽到不行。

賴文善一方面想要把這些髒污洗掉，另一方面則是有些事情想要確認。

「話先說在前面……我還有件事情想要確認，所以待會洗澡的時候，我們來做吧。」

楊光嚇一跳，沒想到賴文善會突然提出這種要求。

他當然很歡迎，倒不如說他現在也很急切地想要跟賴文善親熱。

傷口治癒完之後，他就變得很想做愛，而且如果不讓能力啟動的話，心情就冷靜不下來，無論是哪種理由，他都很想盡快碰觸賴文善。

當然，他也知道賴文善急著想確認的事是什麼。

「你是擔心我離開庭院後，還受到能力無法啟動的限制嗎？」

「我只是怕有個萬一而已。」賴文善仰頭看著他，「而且我喜歡你眼睛裡的金色光芒，沒看到它的話我反而會很不安。」

楊光心花怒放地摟住賴文善的腰，不斷親吻他的頭髮。

「我也是，最喜歡你眼裡散發出的光芒了。」

「肉麻。」

賴文善煩躁地抱怨，但他的臉上卻一點厭惡的表情也沒有。

看著他嘴硬的可愛反應，楊光笑得更加開心。

「嘿嘿，我是跟你學的。」

「我才沒這樣。」

放鬆心情閒聊沒多久，楊光便發現沒有人使用的隔間，這裡正好有他們需要的浴室設備，也有簡易的床墊，碰巧都是他們現在需要的東西。

「過來吧！文善。」

楊光笑嘻嘻地鬆開手跑進去，並轉過身朝賴文善伸手，開心地邀請他。

黑夜時間已過，透過沒有玻璃的窗框照進來的陽光，撒在楊光的背上。

背對著光線的楊光雖然被陰影覆蓋，可是他的笑容卻讓賴文善越看越著迷。

他微微張嘴，將手伸過去，握住那比他大卻有些粗糙的手，勾起嘴角。

現在，他非常確定自己對楊光抱持著什麼樣的心情。

「……喜歡。」他彎起雙眸，開心地笑著，「我喜歡你，楊光。」

楊光眨眨眼，對賴文善的告白並沒有太大的感覺。

既不驚訝，也沒有感動的心情，但他的臉上卻寫滿喜悅。

「我也超級喜歡你。」

露出雪白的牙齒，充滿朝氣的微笑，在賴文善的眼裡閃閃發光。

他不願移開目光，一秒也不想錯過楊光的任何表情。

啊，原來——這就是喜歡。

看樣子他無法再繼續欺騙自己沒有愛上楊光，也無法再固執地否認這種感情不是愛。

這個世界雖然令人厭惡，卻能讓他看清楚自己真正的想法。

所以他舉手投降，放棄掙扎，選擇在這地獄般的世界裡，墜入愛河。

Chapter 10
失控

由於三月兔和瘋帽聯手突襲智蟲，死亡慘重之外，首領也被紅心騎士俘虜，因此這兩個陣營已經瓦解。

原本七大陣營的存在，是為了平衡並凝聚能力者們，互相幫助。

成立初期，能力者之間的信任度非常低，彼此利用、成群結黨、獨占或掠奪，最後甚至開始莫名其妙地屠殺、奴役其他能力者。

階級觀念漸漸在能力者之間形成，雖然大家沒有說出口，可是私底下卻明白，能力的強弱注定了他們在這個世界的地位。

能力是無法選擇的，所以能力者的強弱，早在踏入這個世界就已經註定，弱者開始屈服在強者之下生存，強者則肆無忌憚地以王自居——很快的，這個世界裡最危險的不再是那些怪物或是神出鬼沒的「角色」，而是他們自己。

秦睿最初來到這個世界時，正好是能力者之間鬥爭最為混亂的時間點，當時已經開始有陣營出現，不過僅僅只有三月兔、智蟲以及白兔，這三個正派陣營就像警察一類的存在，負責保護，並阻止其他能力者的暴力行為，試圖維持人類良好的本性。

由於他們知道只有能力強大才足夠讓那些瘋子聽話，所以三個陣營內部很努力挖掘新的能力者，不分能力強弱，都將人留在陣營內，因此人數日漸增多。

當時秦睿是在能力啟動後才遇見這三個陣營的人，而見到他們找上門來的時候，秦睿並不感到意外。

因為他知道，這些人想要他的能力。

秦睿知道自己的能力有多麼特別，也很清楚這份能力雖然無法自保，所以他更必須留意。

慶幸的是，他本來就是喜歡男人的同性戀，也不討厭做愛，所以對他來說啟動能力這件事並沒有什麼苦惱，倒不如說還挺賺的。

雖然偶爾也會遇到幾個跟他同性向的能力者，但大部分都還是異性戀居多，正因如此，為了活下去而啟動能力，不顧自身意願與各種男人做愛的事實，迅速擊垮許多人的內心，導致精神失常。

就算開始變得接受與男性交合，也會因為怪物的存在與隨時可能死亡的恐懼，一天天精神耗弱，最終開始變得無法正常判斷與思考，就連想法都會變得越來越脫離軌道。

秦睿在觀察幾個月之後確定，無論如何這個世界都會把人逼瘋，就算是像他這樣能夠正常生活的能力者，也不過是在硬撐，不確定什麼時候會崩潰。

「秦睿先生，我們需要你的能力。」

當時的白兔首領這樣對他說，但他並沒有理會。

三個陣營之間的關係本來就很好，但像這樣三名首領同時找上門來，還是頭一次見，這就表示他們十分了解他。

首領身旁各帶有兩、三名同伴，十幾個人將他包圍起來，很顯然就是不打算放他走。

那些人看他的眼神都十分急切、真誠，唯獨站在智蟲首領身後的少年，連看都不看他一眼，對他沒有半點興趣。

秦睿到現在還記得自己當時有多驚訝，因為少年的態度看起來很像被掐著耳朵，強硬拖過來的，不知道為什麼讓他覺得有點可愛。

「我們可以確保你的人身安全，你只需要接受我們的保護，然後用你的能力協助我們就好。」

「……你們打算做什麼？」

白兔首領和三月兔首領對看一眼後，點點頭。

「我們想要更有效率地管控進入這裡的能力者，以秦睿先生你的情報能力，應該很容易就可以找到那些剛進入世界的人。」

「意思是你們想要一開始就把人拉攏到你們那邊去？」

「秦睿先生你應該也很清楚，剛踏入這個鬼地方會讓人多麼緊張害怕，我們只是想要提供那些不清楚狀況的人幫助。」

「……看來是覺得要從源頭開始整頓能力者們啊。」

首領們的意圖很明顯，就是想要在能力者們尚未啟動能力，對這個世界一無所知的情況下先把人保護起來，並進行相關的知識教育。

雖然這樣做確實比較有效率，還能大幅減少人們的死亡與崩潰，但、他並不認為這是個好主意。

就算他知道三大陣營是「正派」組織，可是沒有人能保證他們真的是「好人」。

他不打算淌這趟渾水，也不打算成為那些人的救世主。

「不好意思，我拒絕。」秦睿攤手道：「我現在一個人也能混得好好的，以我的情報能力，絕對不可能有人想除掉我，因為我對所有人來說都是『有用處』的能力者。」

他垂眸觀察這三名首領的臉色，注意到他們的表情不太正常。

在被他拒絕後，這三個人很明顯地透露出殺意。

「如果你不打算配合，我們就只好用強迫的方式了。」

「這都是為了能讓所有人活下去。」

秦睿苦笑、冷汗直冒，他知道這群人不會殺死自己，因為他們當中有洗腦能力者，只要利用能力，很容易就可以控制住他。

雖然他一開始就認出那名能力者是誰，但就算認出來也沒什麼用，反正也逃不掉。

他不想成為任何人的傀儡，也不想沒有尊嚴地活下去。

與其被這些人呼來喚去，倒不如在這之前就死掉還比較幸福。

早料到會有這種可能性發生的秦睿，暗自往藏在口袋裡的注射劑摸過去。

那是裝有大量農藥的注射劑，也是他早就準備好的最終手段，反正他本來就已經做好隨時都會丟掉小命的心理準備，所以當這刻真正到來的時候，他反而一點也不害怕，倒不如說有些興奮。

至少他和其他死去的能力者不同，能自由地選擇自己的死亡方式。

然而，在他拿出注射劑之前，黑色的影子瞬間掃過他的眼前，一瞬間就將三陣營首領的人頭全部砍掉。

人頭「咚」地掉落在地上，從動脈大量噴出鮮血的頸部，切口乾淨俐落，就像是被人用刀一口氣劈開。

畫面太過震撼，以至於秦睿和首領帶來的跟班們全部傻眼。

黑影再次掠過所有人眼前，這次，它毫不留情地劈開秦睿之外的人。

影子如同切割機般，將所有人分割成肉塊，秦睿在看到這個令人吃驚的景象後，嚇得臉色鐵青，不斷倒退，直到背貼著樹幹，無路可逃為止。

踏過這些屍體，慢慢走向他的，是那名表現出對任何事情都不太關心的少年。

在他身旁有無數條黑色觸手，而他的雙眸散發出腥紅色的光芒，如同地獄使者般令人畏懼。

秦睿很害怕，這是他第一次感受到如此強大的力量與壓迫感，他不懂，這個少年的能力為什麼會如此特別，跟他以往見過的能力者全都不同。

少年縮短他們之間的距離，並在他面前停下。兩人距離不到半步，但那令人窒息的壓迫感卻不如想像中那樣將他壓得喘不過氣來。

黑色的觸手回到影子裡，少年抬起頭，拽住他胸口的衣服，將他整個人用力往下拉過去。

下一秒，秦睿感覺到軟綿綿的東西貼上嘴唇。

回過神來，才意識到這名少年居然吻了他。

貼過來的嘴唇，僅僅只停留幾秒鐘時間後便匆匆分開。

秦睿腿軟滑坐在地，看著少年勾起嘴角，像個惡魔一樣朝他微笑。

少年一邊用拇指輕輕磨蹭秦睿的嘴唇，一邊用溫柔至極的口氣對他說：「我的名字叫做申宇民，秦睿哥，從現在開始請你牢牢記住，絕對不可以忘記。」

「什、什麼？為什……」

「從現在開始，由我來保護你，不管你想要做什麼，或是想要把我當成傻子使喚都可以。」

秦睿啞口無言，他不懂這個少年到底在想什麼。

少年的眼神明明透露出危險的氣氛，可是對待他的態度，卻又像是喜歡他。

想這個可能性的瞬間，秦睿下意識脫口而出：「你、該不會……喜歡我？」

無意識地開口，連他自己也嚇一大跳。

當他慌張地遮住嘴巴，為自己說的話而感到後悔的時候，少年卻彎起眼，笑得更開心了。

「是。」少年沒有半點猶豫，坦率地回答：「我喜歡你，秦睿哥。所以我會保護你、愛你，永遠待在你身邊。」

——瘋子。

秦睿的心裡，反射性地出現這兩個字。

但是不知道為什麼，自己並沒有因為少年的告白而感到厭惡。

當恐懼感從心中散去，取而代之的是來到這個世界後，第一次擁有的安心感。

「哈！明明剛才連看都沒看我一眼……說什麼喜歡。」

聽見他這麼說，少年不但沒有感到不高興，甚至露出笑容。

「原來你這麼在意我？」

「呃，不是，沒什麼特別的，就……」

秦睿有口難言，連他自己也不清楚，為什麼在這群人找上門來的時候，只對少年印象深刻，也特別在意。

口齒不清的辯解，對少年來說似乎就是對自己感情的回覆。

他並不奢望能夠聽見秦睿親口承認，而且也不需要。

只要秦睿眼裡有他，只成為他一個人的東西便足夠，而他也絕對不會讓這個人從自己的手中溜走。

少年露出笑容，朝秦睿伸出手。

「哥，過來我身邊。」

當時少年對他微笑的表情，至今仍會偶爾浮現在腦海裡。

明明不是第一次被男人說喜歡，也不是第一次面對這種情況，但他的心卻強烈地跳動著，心情也變得有些奇怪。

秦睿用苦笑試圖掩飾過去，並握住少年的手，讓他把自己拉起來。

從那天開始，他成為這名少年的「專屬」，身旁開始多了這隻小狗的陪伴。

「秦睿哥。」

邊回憶著過去邊發呆的秦睿，突然被申宇民的大臉完全佔據視線。

他猛然抖了一下身體，從夢中驚醒，慌忙地與那關心他的臉龐四目相交。

「……你回來了？」

「嗯。」

嚇到拉回思緒的秦睿，臉頰微微泛紅，有些尷尬。

因為申宇民說一樓有人闖入，要去看看所以才稍微離開，沒想到只是短短幾分鐘時間，就讓他莫名其妙陷入過去的回憶裡。

而且不知道怎麼搞的，還是與申宇民初次見面時的記憶。

他在剛跟申宇民成為搭檔的時候，曾和他一起住過幾個月的時間，在那之後他就獨自跑出去成立「睡鼠」陣營，專門提供情報販售，為此申宇民還跟他鬧了幾天脾氣。

不過，無論他做什麼決定，申宇民就算再不爽也不會阻撓他。

反正不管他去哪裡，申宇民都會自己跑過來，可能是因為這樣，所以他才能夠如此放心地讓他隨意行動。

「你不是說三月兔和瘋帽剩下來的成員都逃走了嗎？怎麼還有人？」

為了化解尷尬，秦睿主動開口找話題。

申宇民轉過頭來，似乎知道他為什麼會問他問題，覺得有些可愛地露出笑容。

雖然申宇民本來就很好看，笑起來更是令人不爽地帥，但秦睿還是有些不爽。

「笑什麼？」

「因為你可愛才笑的。」申宇民走過來，從背後摟住秦睿，將頭埋入他的後頸輕輕磨蹭，「哥，你知道自己尷尬或緊張的時候，會變得很愛問問題嗎？」

「我哪有。」

「闖進來的人是楊光跟賴文善。」

這句話讓秦睿瞪大眼，迅速轉身，緊揪住申宇民胸前的衣服追問：「什麼？他們沒事吧！楊光有沒有怎樣？」

他急切關心楊光的態度，讓申宇民的臉色一下子變得非常難看。

就算他知道秦睿很在乎楊光的死活，但是看到喜歡的人那麼執著於自己之外的男人，讓他很想直接殺死對方。

秦睿看見申宇民陰沉的表情後，這才驚覺自己太過急切，冷汗直冒。

啊啊——這小鬼又在不爽了。

「別又在那邊吃悶醋，我說過吧？我突然沒辦法確認楊光跟賴文善的位置，所以才會這麼擔心，你可別在那邊自顧自的誤會。」

「呵。」申宇民的嘴裡吐出笑聲，但他的臉上卻沒有半點笑容，「放心吧哥，我知道他對哥來說是救命恩人，而且再怎麼樣我也不想和『愛麗絲』為敵，所以我不會對他出手的。」

秦睿鬆了口氣，「所以呢？狀況怎麼樣？」

「楊光受傷的情況比較嚴重，不過只要治療就沒問題。我姑且有先跟他們說一聲，等治療結束後上來一趟，但恐怕他們不會直接過來。」

「沒關係，反正不著急。他們應該也遇到不少事情，先讓他們休息、喘口氣之後再來談。」

「嗯。」

埋在秦睿後頸裡的申宇民，隨口應和。

對他來說，瘋狂吸秦睿的體味比任何事都要來得重要。

秦睿根本懶得管他，摸著下巴思索。

「不過……你是發現有人把你的能力擋開後才過去看情況的吧？擋開你的能力的人，難道是賴文善？」

這句話讓申宇民有些不爽。

他抱怨般地咕噥：「喂，你是在說我的能力比那傢伙弱？」

「這不是強弱問題。」秦睿輕拍他的腦袋瓜，無奈地解釋：「賴文善的能力本來就很特殊，如果他有辦法擋開你的攻擊，就表示他也跟你一樣。」

秦睿知道「智蟲」的存在，當然也知道提升能力的隱藏條件是什麼。

中宇民對他毫無隱瞞，不管什麼事都會跟他說。

他一開始也不知道隱藏條件的存在，甚至連智蟲陣營的據點正下方居然關著「角色」之一的毛毛蟲這件事也不知道。

他用來取得情報的能力，是有限制的，只不過他故意在所有人面前把自己包裝成無所不知的樣子，因為只有這樣他才能確保自己的性命安全。

不過，在中宇民出現後，其實他就不太需要擔心什麼時候會遇到危險，因為這名少年確實遵守諾言，將他保護得非常好。

「你的意思是，賴文善也達成了隱藏條件？」

「我只是隨便猜猜。」秦睿聳肩，勾起嘴角看著中宇民，「怎麼？你看起來很羨慕的樣子。」

「哼。」

「啊！好痛！」

中宇民氣憤地狠狠咬住秦睿的鎖骨，痛得他差點沒揍下去，傷口隱隱刺痛，並帶著炙熱感，讓秦睿知道中宇民完全沒有手下留情。

在他的身上留下滲血的傷痕後，中宇民又伸出舌頭舔拭，用口水消毒的同時，染上自己的氣味。

痛感漸漸被舌頭柔軟的觸感淹沒，留下齒痕的部位，變得比平常還要敏感，讓他的身體不自覺地顫抖起來。

「唔嗯……你……放開我……」

申宇民當然沒有聽從他的命令，悄悄地把手伸進秦睿的褲子裡。

秦睿嚇一跳，急忙抓住他的手腕。

「你幹嘛！」

「如果不保持能力啟動的狀態，我會很焦慮的，所以跟我做吧哥，每天都做。」

「你昨天明明就射了三次，還在這裡說什麼蠢話……把手拿開！別握住它！」

完全沒在聽人說話的申宇民，眨眨眼睛，心滿意足地笑道：「哥，你現在是被我咬之後就硬了嗎？我都不知道哥有這種興趣。」

「我很討厭痛好嗎！別把我說得跟變態一樣。」

「抱歉。」申宇民側頭靠在秦睿的肩膀上，勾起嘴角，「是我喜歡看哥被我弄痛的樣子，因為很好看，所以我才是變態，哥不是。」

他不但沒有照秦睿的意思收手，甚至把他的褲子脫掉，直接抱起他的大腿，踏著愉快的步伐往床鋪方向走過去。

秦睿摔在軟綿綿的棉被上，申宇民則是把手臂掠過他的耳朵，壓住並限制他的行動，讓他沒辦法自由起身。

雙手攤平在床上的秦睿，望向那雙像是要把他吃掉般的野獸視線，也只能苦笑。

「你還真是做不膩。」

「因為是哥，只有哥才能讓我變成這樣。」

「就愛說那些肉麻的話……」

用可愛的表情埋怨他的秦睿，讓申宇民笑得很開心。

他從沒有對秦睿說過任何一句謊言，連他也不知道自己為什麼會如此喜歡這個比他年長很多歲的男人。

在他最初來到這個世界時，他還以為這裡是地獄，坦白說他並不覺得這裡很糟糕，反倒有種親切感。

那些可怕的怪物，與他的那些噩夢相比來說，根本就不值一提，對於那些被撕碎、輾壓的人類與肢部殘體，還有令人作嘔的血腥味，也不過是加快他對這個世界的了解。

他像是在逛自家後院般探索著樹林，直到聽見樹叢的另一側傳來奇怪的喘息，原先他還以為是垂死的呼吸聲，靠近後卻發現自己大錯特錯。

——那是兩個男人在做愛的畫面。

一個男人被人粗魯的按壓在石頭上，不斷被對方粗壯而堅硬的陰莖用力抽插屁股，申宇民並不是沒有半點性愛常識，只是過去的他並沒有很在意，然而眼前的性愛場面卻讓他十分震撼。

「啊！哈啊……再、再深……」

「媽的！不用你說我也會狠狠插你！」

因快感而全身通紅的男人，纏人地提出要求。

他的聲音、做愛時的姿態，讓申宇民無法移開視線。

好美——這是他第一次對某個人產生興趣。

在他看得出神時，那雙溼漉漉的眼眸突然轉過來，還沒反應過來，中宇民便不小心和對方四目相交。

他嚇得立刻躲起來，心臟撲通狂跳。

接著他聽到那個男人說話的聲音。

「呵，沒想到居然有偷窺狂。」

「該死的！別分心好嗎？我還沒射，還不趕快夾緊你的屁股！」

「還不都是因為你腰扭得沒勁……啊……」

剩下來的，只有那個男人的呻吟聲，以及肌膚拍打碰撞的聲音。

中宇民還沒搞清楚這是什麼情況，只知道自己光是聽著那個男人的叫聲就硬了。耳邊迴盪著那個男人與其他人做愛的聲音，強烈的刺激感，讓他忍不住閉上眼睛，想像著男人的身體，掏出陰莖磨蹭。

隨著男人高潮，他也跟著射出來。

中宇民看著手掌心的精液，雙眸被腥紅色光芒覆蓋。

從這個瞬間開始，他心中產生強烈的欲望，想要將那個男人占為己有。

他悄悄地離開，躲在陰影裡觀察男人。

做愛後果斷分開的兩人，就像是在例行公事般，沒有任何感情。

看著男人離開，中宇民並沒有選擇跟過去，而是出現在剛才和那個人做愛的男人面前。

「搞什麼！小子，你從哪冒出來……」

申宇民沒有給他抱怨的時間，也不打算給他把話說完的機會。

黑夜中，影子化作一片片刀刃，瞬間將男人切碎。

他垂眼看著屍體碎塊，安心地笑了。

「這個世界果然很有趣。」申宇民轉身進入樹林，很快地消失在影子裡。

那天是他第一次見到秦睿，同時也是他第一次對某個人產生「戀愛」的感情。

申宇民睜開眼，看著已經被自己剝光衣服，全身赤裸壓在身下的秦睿。

雖然已經做過很多次，身體的每個部位也早就已經被看得一清二楚，但是被申宇民注視的視線太過炙熱，害秦睿每次都沒辦法用平常心面對。

他側過頭，悶悶不樂的說：「你要是不想做，就從我身上滾開。」

「怎麼會呢，哥。」申宇民笑著用雙唇覆蓋住那張抱怨的唇瓣。

明明根本不需要在意這種事，但是因為尷尬和害羞，而忍不住催促他的秦睿，真的可愛到不行。

他溫柔地含住秦睿的乳頭，用舌頭輕輕地沿著乳暈畫圈，最後含入口中吸吮。

秦睿顫抖著身體，因為申宇民玩笑般的舉動而全身搔癢難耐。在遇見申宇民之前，跟他做愛的對象全都很粗暴，畢竟大家的目的單純只是想要啟動能力，根本不把其他事放在心上。

用力量壓制比自己弱的對象，將對方當成飛機杯一樣使用，又或者是跟互有需求的對象快速解決完之後，各自分開。雖然也有少部分的人單純只是喜歡而才做，但這種人反而稀有。

在這個世界裡，沒有人是用參雜著愛情的心思去做愛，正因如此，秦睿很清楚申宇民是認真的。

就算他的能力沒有因為「愛情」這項隱藏條件而增幅，從對方抱自己的方式，還是能夠感受到這份真誠的感情。

「哈啊……夠了，別像條狗一樣舔來舔去，快點幫我擴張然後插進來。」

申宇民忍不住噗哧一聲笑出來。

「哥，你一點情趣也沒有，超直接的。」

「幹嘛？難道你還想看我撒嬌？」

光是想像那個畫面，秦睿就渾身起雞皮疙瘩，但申宇民卻和他相反。

申宇民開心的撐起身體，笑嘻嘻地盯著秦睿紅通通的臉。

「想看！我想看哥跟我撒嬌的樣子。」

他彎起雙眸，帥氣的臉龐變得可愛到讓人不忍心拒絕。

秦睿雖然擺出厭惡的態度，卻冷汗直冒，內心明顯開始產生動搖。

申宇民翻身躺在秦睿身旁，輕輕哼著歌，拍拍自己的大腿催促：「哥，哥，來這裡。我想看哥騎在我身上跟我撒嬌的樣子。」

秦睿原本想拒絕，但看出他想逃跑的申宇民卻飛快抓住他的手臂，硬是把他扯到自己身上來。

無可奈何之下只能光著屁股坐在申宇民肚皮上的秦睿，咬牙切齒的瞪著他。

「你……」

申宇民指著自己的褲子說：「哥，先幫我把褲子脫了吧？」

「你這是在使喚我？」

「求求你，哥。」申宇民歪頭，故意裝可憐，一邊抓著秦睿的屁股往自己的跨間挪過去，一邊故意輕輕磨蹭、催促。

「哥，我硬得好難受，幫我一下好不好？」

秦睿滿臉通紅，斜眼睨視自己勃起的陰莖。他因為申宇民這小小的挑逗而感到興奮這點，很讓人不爽，但又沒辦法否定這樣被他蹭屁股的感覺很舒服。

「哥——哥哥？親愛的哥？嗯？」

申宇民的喘氣聲越來越大，明明是自己抓著他的屁股磨蹭，卻不知道為什麼變得比他還要興奮。

他咬緊嘴唇，眼神銳利，就像是盯著獵物的肉食動物。

秦睿的心噗通狂跳，就算他再怎麼嘴硬，也沒辦法拒絕得了申宇民誘人的要求，更何況這個男人現在正赤裸著上半身，還抓著他的屁股自衛，就算他忍耐力再強，也沒辦法抗拒得了這種誘惑。

「你、你別……動……」

他彎下身，稍稍抬起屁股，慢吞吞地解開申宇民的褲子。硬到發燙的陰莖從內褲裡彈出來，看著它充血、精神奕奕的樣子，就讓秦睿忍不住吞口水，成年人的從容、嘴硬說著不會撒嬌的自己，全都被拋在腦後。

他忍不住握住申宇民的陰莖，放在臉頰旁磨蹭。

「好大，熱呼呼的。」

「哈！哥你真的是……太誘人了。」

申宇民看著秦睿撅起屁股，玩弄他陰莖的姿態，差點沒直接壓住他的頭，狠狠插進他的嘴巴裡。

秦睿提眼看他，勾起嘴角，嘟嘴親吻那跟因欲求不滿而顫抖的陰莖。啾啾聲清晰而明顯，就像是故意要弄出聲音給他聽一樣，嘴唇柔軟的觸感落在龜頭、根部，甚至是冰涼的睪丸上面。

無論是哪一個位置，都像是蜻蜓點水般，匆促且草率，不但沒有滿足申宇民，反而讓他更加躁動，甚至連青筋都浮現出來。

「你不是要我撒嬌嗎？我明明照你的要求做了，為什麼你還要露出想咬死我的眼神，嗯？」

「……哥，你是在明知故問。」申宇民顫抖著回答：「哈！這真的……完全超出我的想像啊。」

「你都想像了什麼？」秦睿將嘴唇移開，輕輕用手指勾弄著頂端，故意裝傻，「是被我含住，然後射再我的喉嚨哩，還是像這樣用手擼？」

「夠了，哥。」

「怎麼？是你要我撒嬌的不是嗎。」

「我是要你撒嬌，不是要你把我那根當玩具玩。」

「我說過我不擅長，誰叫你硬要我做那種事。」

秦睿用力往申宇民的陰莖拍下去，差點沒讓他痛到升天。

看著他臉色發青的模樣，秦睿嘿嘿笑著，在他面前敞開大腿。

「不然我換種方式？」

一看就知道他想做什麼，申宇民當然沒有阻止他的意思。

秦睿可以清楚感受到申宇民的視線，光是這樣被他盯著自己私密的位置看，就讓他興奮到渾身顫抖。

明明在這之前都十分抗拒和申宇民做愛，兩人的關係也僅止於撫摸和互相打手槍的階段，直到他們跨過那條線，壓抑已久的欲望，漸漸將他吞噬。

直到這時，秦睿才明白為什麼自己過去總是拒絕申宇民，把年齡作為藉口拒絕和他做愛——因為他知道一旦被這個少年擁抱，他就再也沒辦法控制住自己的情欲。

就像申宇民瘋狂地想要占有他，他也發瘋似地想要申宇民的愛。

「哈啊、哈……」

他一邊喘息，一邊抓起申宇民的手，插進自己的屁股裡。

中宇民嚇了一跳，因為他沒想到秦睿竟然拿他的手指當作自衛道具。

「……通常不是應該用自己的手指捅嗎？」

「哈、哈嗯……」秦睿舒服地顫抖著，歪頭回答：「明、明明你就在這裡，我幹嘛用自己的手……」

中宇民沒等他把話說完，就突然用力抽回手，起身將秦睿壓倒在床上。

他粗暴地吻住那雙發出呻吟聲的嘴，將自己的手指狠狠插入他的屁股。

這個世界的空氣，具有催情效果，而長年依靠這個氣體存活的他們，身體很快就會作好隨時能夠做愛的準備。

秦睿因為興奮而顫抖，不會自動溼潤的屁股一下子就被黏稠、潤滑的體液填滿，中宇民插進去的手指不斷發出水聲，指尖壓迫著前列腺的位置，讓秦睿倒抽口氣，全身敏感地縮緊。

「唔！」

他推開中宇民，含著淚水哭喊：「啊！我、我要射——」

高潮的感覺瞬間淹沒他的理智，全身神經彷彿觸電般將他的身體麻痺。

他只能不斷顫抖，挺直腰桿，將身體往上拱起。

噴出的精液射在中宇民的胸前，順著他的肌肉線條慢慢流下來。

中宇民抽出手指，放入嘴巴裡舔舐。

不等秦睿高潮結束，中宇民抓緊他的腰，狠狠挺入他的屁股裡。

腹部瞬間被填滿，炙熱粗大的硬物塞進直腸口，讓原本就很敏感的身體變得更加興奮。

秦睿的腦袋一片空白，眼淚與口水不自覺地從臉上滑落。

申宇民失控般地狠狠插他，讓他的下半身酥麻到只剩下快感，這種興奮的感覺像是無法消失一樣，不斷糾纏他，除了隨申宇民的動作搖晃身體之外，他什麼都無法思考。

「咳、哥，你真的太棒了。」

申宇民閉眼皺眉，感受著被秦睿吸住不放的感覺。

肉壁緊緊包覆著他的陰莖，就像是不想讓他離開。光是想到自己正在秦睿做愛，就足夠讓他興奮到快瘋掉，用盡全部力氣只想要佔據這個男人，讓他變成沒有他就活不下去的廢人。

就像他一樣。

「哈……哥，真的好舒服，好爽……」

「唔嗚嗚嗚……你、你太用力……」

「哥你喜歡我粗魯一點不是嗎？」

「我、我什麼時候……唔！」

激烈的抽插，不斷溢出液體的下半身。

兩人的呼吸聲全都混在一起，做愛的聲音大到彷彿整棟樓都能聽見，然而他們並不在乎。對他們來說，沒有任何事情比跟對方做愛還要重要。

他們吻著對方，因情欲高漲而混亂的意識，無法控制地在彼此身上留下屬於自己的印記。

這場性愛，並不是為了啟動能力，而是因為想要對方。

一次次感受到申宇民的巨大物體插入自己屁股裡，填滿他的身體與空虛的內心，此刻的秦睿，就算想再繼續否認也沒有意義。

他很清楚，自己早就已經喜歡上申宇民。

秦睿睜開眼，散發出光芒的瞳孔，與體內能力的變化，讓他認清事實。

「宇……宇民……」

聽見秦睿呼喚他的名字，申宇民停下動作，抬起頭來。

喘息不已的秦睿，全身通紅，他捧起這張總是故意對他裝可愛的臉，微微一笑。

申宇民就像是被他催眠般，慢慢順著他手施力的方向，就這樣讓他把自己拉過去。

鼻尖輕觸，稍稍磨蹭，沾上彼此的汗水。

他們彷彿知道下一步該怎麼做，雙目半垂，遮掩住發光的瞳孔，貼近彼此的雙唇。

軟綿綿、沒有什麼力氣的親吻動作，因為彼此的體溫而炙熱不已。

這雖然是個普通到不行的吻，卻意義非凡。

「我愛你，哥。」

「……我知道。」

一如往常的回答，但這次聽起來卻與過去有著完全不同的感覺。

中宇民瞪大眼，像個淘氣的少年，露出開朗的笑容。

固執又渴望被人所愛，令他無法不疼愛的秦睿哥，終於是他的人了。

——《愛麗絲遊戲03　待續》

Afterword 後記

各位好，我是最近被各種恐怖片雷爆的缺糧草。

身為資深（？）恐怖片老粉的坑草，超級喜歡看各種血腥畫面，但問題就在於最近恐怖片的品質太過參差不齊，導致合坑草口味的電影跟劇少得可憐，結果就變得很想開坑（等等哪裡不對）。之前有在粉專和大家聊過想寫恐怖遊戲的無限流故事，也是因為這樣才產生的念頭，另外就是覺得無限流寫起來很有趣，蠻適合我，感謝當初推薦坑草寫無限流的讀者們。今年的書大部分都是BL，輕小說的比例有點失衡所以變得更想寫了。

感謝大家翻開《愛麗絲遊戲》第二集的故事，這集劇情會有新的祕密揭穿，另外楊光和賴文善兩人之間的關係也有大躍進，副CP的兩人戲份也有不少，至於恐怖度嘛——沒有提升多少（喂）。因為這集怪物出現得不多，所以比較沒有多少血腥畫面，但有稍微增加H戲份，除此之外都在走劇情。下一集就是完結篇，故事會變得更緊湊，血腥程度會稍微提高，喜歡看打打殺殺場景的讀者絕對別錯過哦！沒錯角色們終於要開始認真打架。

《愛麗絲遊戲》是一部戰鬥、血腥、怪物和恐怖感，以及帶點情慾設定的故事，我自己本身很喜歡這樣的題材，所以也想寫給大家看，這是個新的嘗試也是挑戰，希望大家看完第二集之後也跟我一樣開始期待第三集的完結篇。剩下來的只有「順利逃脫」和「永遠困在地獄」兩種選項，角色們最後會如何選擇，就請大家期待第三集了。

我們下篇後記再見。

草子信

草子信FB：https://www.facebook.com/kusa29

高寶書版集團
gobooks.com.tw

FH086
愛麗絲遊戲 Alice Game 02

作　　者　草子信
封面繪圖　夏青
編　　輯　賴芯葳
美術編輯　林鈞儀
排　　版　彭立瑋
企　　劃　李欣霓

發 行 人　朱凱蕾
出　　版　朧月書版股份有限公司
　　　　　Hazy Moon Publishing Co., Ltd.
地　　址　臺北市內湖區洲子街 88 號 3 樓
網　　址　www.gobooks.com.tw
電　　話　(02) 27992788
電　　郵　readers@gobooks.com.tw（讀者服務部）
傳　　真　出版部　(02) 27990909　行銷部 (02) 27993088
郵政劃撥　19394552
戶　　名　英屬維京群島商高寶國際有限公司臺灣分公司
發　　行　英屬維京群島商高寶國際有限公司臺灣分公司 / Printed in Taiwan
　　　　　Global Group Holdings, Ltd.
法律顧問　永然聯合法律事務所
初版日期　2024 年 4 月

國家圖書館出版品預行編目 (CIP) 資料

愛麗絲遊戲 Alice Game 02/ 草子信著 . -- 初版 . --
臺北市：朧月書版股份有限公司出版：英屬維京群島商高寶國際有限公司台灣分公司發行，2024.04.
面； 公分 . --

ISBN 978-626-7362-24-2 (平裝)

863.57　　112018054

朧月書版

朧月書版